La Scala

Dacia Maraini

I giorni di Antigone

Quaderno di cinque anni

Rizzoli

ISBN *88-17-01168-1*

Prima edizione: maggio 2006

In alcuni casi, in cui non è stato possibile reperire la data esatta di pubblicazione, si è indicata la data, assai prossima, di stesura dell'articolo.

I giorni di Antigone

Introduzione

Questo libro si ispira alla figura di Antigone, che alle disparità e alle intolleranze oppose la pietà e il diritto all'amore fraterno. Contro le leggi arroganti di un Signore della guerra Antigone reagì senza violenza, con il solo meraviglioso gesto di ricomporre e seppellire un corpo morto. Non c'è niente di ideologico nella pietà di Antigone. Eppure il Signore della guerra lo interpretò come qualcosa di profondamente eversivo che metteva in dubbio la legittimità del sovrano. A volte è così: le azioni più semplici e umili minano le certezze su cui si basa l'autorità di un capo, la consuetudine di una legge cittadina.

Purtroppo le parole non hanno la perfezione e la forza assoluta di un gesto come quello di Antigone. Le parole sono sempre lì a cercare compromessi con la tradizione, con la prassi linguistica, con le idee. Le parole non sono mai totali e definitive come le azioni concrete e fisiche. Le parole appartengono a quella relatività carnosa e fragile che esprime la vita del pensiero. Io conosco solo le parole per dissentire e affermare ciò che mi ferisce e mi angustia nella vita del nostro Paese. Certo posso sbagliarmi, ma ciò che dico è sincero e affonda le radici in una antica pratica dell'osservazione e della riflessione critica che mi appartiene per via famigliare. Con le parole cerco di raccontare i fatti, con le parole tento di ragionare e di convincere chi legge, per condividere con lui/lei la scoperta continua di una tensione etica che sta dentro le cose, dentro i rapporti, dentro la storia che stiamo attraversando.

Questo libro esce in un momento di confusione e di incertezza del nostro Paese, che patisce una lacerazione dolorosa e amara. È difficile vivere pensando continuamente che il vicino occasionale, il parente, l'amico, il compagno di lavoro sono dei «nemici» da combattere anche se solo verbalmente. Difficile stare in guardia e temere persone da cui ci si aspetta di essere sviliti e sospettati.

Un Paese diviso, si dice, un Paese amaramente spaccato in due monconi che sembrano incapaci di convivere. Ma cos'è che divide l'Italia? Perché finora, pur pensando di essere diversi, non avvertivamo questa spaccatura verticale che ci rende tutti più deboli e insicuri? Qualcuno sostiene che queste due culture abbiano sempre coesistito nell'animo degli italiani, ma che ci sono momenti storici, situazioni tese e contraddittorie in cui la scissione diventa più evidente e dolorosa. Certo non si può dire che il governo che ci ha guidati negli ultimi cinque anni e il suo incontenibile conduttore abbiano fatto niente per armonizzare, mediare o conciliare questi due territori antagonisti. Ché anzi hanno fomentato, radicalizzato, stimolato la guerra fra le due Italie, portandoci alla paralisi amministrativa e alla disarmonia psicologica. La televisione poi ha fomentato la separazione invadendo le nostre vite quotidiane con le sue voci ostili e rancorose, sostituendo con brutalità i luoghi della politica con i suoi salotti dove si stabiliscono valori e si ricostruiscono processi. Senza quasi volerlo lo schermo televisivo ha trasformato, modificato, inventato un Paese di divi e di mistificazioni che non corrisponde assolutamente alla realtà.

Ma come è potuto avvenire tutto questo? Perché gli italiani si sono lasciati abbacinare dalla virtualità di una politica che si fa teatro di se stessa? La risposta non la conosco. Posso solo fare delle ipotesi. Posso ragionare. E gli articoli qui raccolti vorrebbero agire in questo senso attraverso il racconto di una inquietudine che insegue gli accadimenti, cercando di trarne qualche considerazione, qualche insegnamento. Se il lettore riuscirà a seguirmi, se in qualche modo si sentirà contagiato dalla voglia di capire e indagare sui temi da me proposti, il mio scopo sarà stato raggiunto.

Dacia Maraini

I

Mondo, politica

Nucleare, la morte silenziosa

«Ci avevano detto che nei Paesi sviluppati le centrali nucleari erano sicure. Ci avevano detto che ormai i nuovi impianti sono a prova di guasto. Ha visto cosa è successo in Giappone? Va bene che siamo lontani ma i venti viaggiano, le maree viaggiano e ci vuole poco a inquinare anche zone lontane. Poveri giapponesi, che hanno avuto la bomba atomica e ora, in tempo di pace si trovano a combattere con altre bombe altrettanto pericolose e mortali. Come le chiameremo? bombe di pace anziché bombe di guerra? È questa la pace che ci propongono per il futuro? una pace fatta di morte silenziosa, lenta e mostruosa?» mi scrive Maria Cecchi da Arezzo.

Grazie per la bella lettera, cara Maria. Sono d'accordo con lei: siamo di fronte alle insidie di una guerra non dichiarata che però fa vittime come una guerra vera. E non parlo solo dei casi clamorosi come quello giapponese di questi giorni, ma di tutti i piccoli incidenti che accompagnano il trasporto del plutonio, che vengono regolarmente segnalati dagli ambientalisti nelle riviste specializzate e che pochi giornali nazionali e internazionali riportano. In più aggiungiamo la produzione quotidiana di tonnellate di materiale inquinato che viene chiuso dentro recipienti più o meno sicuri e sepolto in fondo al mare e nel ventre delle miniere. Sono mine pericolosissime che stiamo piazzando nel futuro dei nostri figli e nipoti. Questi recipienti si logoreranno, si spaccheranno e produrranno danni gravissimi per tutti. Sempre che qualche terremoto o maremoto non li faccia schiudere prima del tempo di logoramento naturale.

Questo i governanti dei Paesi più sviluppati lo sanno già. Tanto è vero che in tutto il mondo avanzato la costruzione delle centrali nucleari si è fermata. E si sta studiando come chiuderle senza creare eccessivi danni all'ambiente. Anche quando sono sicure le centrali producono tante di quelle scorie atomiche da distruggere il mondo intero. Sono bombe ad orologeria che stiamo innescando nel futuro dell'umanità e mi chiedo se questo sia saggio o anche solo prudente.

(da "Il Messaggero", 4 ottobre 1999)

Dalla parte dei bambini nell'inferno di Manila

In un filmato l'orrore dell'infanzia violata e i miracoli dei Medici senza frontiere. Bambini sfruttati, bambini picchiati, bambini stuprati, bambini seviziati, è una litania di storie che ci lasciano senza fiato. È vero che qualche volta questi stessi bambini si trasformano in mostri dal coltello feroce, ma certamente le responsabilità prime toccano agli adulti, a chi non ha saputo educare e infondere sentimenti di rispetto e di tenerezza verso l'altro. C'è qualcosa di mostruoso in una società che non sa più comunicare la gioia di vivere ai suoi figli, che trasforma ogni rapporto umano in mercato dei corpi, che spinge a un erotismo di consumo, senza regole e riguardi per la persona umana.

Ma come mai, in tempi di telematica e di psicoanalisi, riusciamo a esprimere tanta brutalità contro i bambini? Nei Paesi poveri li sfruttano, li vendono, li abbandonano. Nei Paesi ricchi li comprano, li seviziano, li stuprano. E sono bravi padri di famiglia che acquistano e abusano, sono brave madri che fingono di non sapere e non conoscere.

Ho visto in anteprima un documentario girato per RaiTre da Luca Cambi e Francesco Patierno sui Medici senza frontiere e il lavoro che stanno facendo, davvero straordinario, a Manila. La macchina da presa si intrufola con coraggio dentro le case, si mette all'inseguimento dei clienti per le strade, si addentra nelle celle delle carceri minorili, senza mai cedere al sensazionalismo, con sguardo doloroso e partecipe.

Si tratta di un documento terribile che ci mostra come tanti bambini, cresciuti in famiglie disastrate, finiscano per scappare di casa. Un padre dalla faccia giovane e gentile dice: «Mia figlia (2 anni) si era messa in bocca qualcosa che non doveva. Ho preso della benzina, l'ho cosparsa e le ho dato fuoco, è così che io educo i miei figli e nessuno può interferire». Tutto questo mentre si vedono le mani delicate di una dottoressa che pulisce le ferite della bambina salvata per caso da una morte atroce. Gli occhi della piccina sono spalancati e atoni, non esprimono né dolore né paura, solo una immota apatia.

I bambini che girano per strada dopo le 22,30 a Manila vengono per legge arrestati e portati in carcere. Ma cos'è questo carcere? Ce lo mostrano i due autori del filmato: celle fatiscenti senza servizi dove il bambino è costretto a stare in piedi in mezzo ai suoi bisogni.

Alle proteste dei Msf il governo di Manila risponde che non ha soldi per curare e dare ospitalità ai bambini di strada. La somma decisa per i servizi sociali però va diminuendo di anno in anno. Erano 40 milioni di dollari fino a due anni fa, nel 2000 è stata quasi dimezzata (25 milioni di dollari l'anno).

«A Manila ci sono duecentomila bambini di strada a rischio continuo di abusi e malattie» spiegano i giovani Medici senza frontiere. Cosa si può fare per loro? In Brasile risolvono il problema sparando. Quando un bambino diventa troppo ingombrante e fastidioso prendono la mira e fanno fuoco. Una grana in meno. A Manila li chiudono dentro una prigione fatiscente e li lasciano marcire finché, diventati più grandi, non tornano sulla strada, ormai perfettamente inseriti nella delinquenza organizzata. «Il 60 per cento dei minori» dicono i medici «racconta di avere subìto torture e violenze durante gli interrogatori e la detenzione.»

Un prete, Shay Culler, che sistematicamente denuncia i casi di sevizie e di pedofilia, è costretto a vivere nascosto. Nel film lo sentiamo parlare dei bambini che ha salvato dai turisti voraci e dalla «colla», la droga dei poveri che pericolosamente sostituisce stupefacenti più sofisticati e cari come l'eroina e l'oppio. Si tratta di un solvente per scarpe che inspirato «permette di sopportare fame, sete e paura causando però danni neurologici gravi. I bambini la comprano con pochi spiccioli, meno di quanti ne occorrano per una ciotola di riso, e risolvono così le loro giornate».

Una cosa bella che sono riusciti a fare i Medici senza frontiere è stato di trasformare alcuni di questi ragazzi di strada in educatori. Giovani filippini che hanno percorso tutta la via crucis del terrore: violenze in famiglia, abbandono, fuga, solitudine, delinquenza cittadina, droga. Quando sono fortunati, l'incontro con l'organizzazione dei Medici senza frontiere riesce a trasformarli in persone equilibrate e desiderose di aiutare chi sta male. Altri, più sfortunati, sono destinati a rimanere in quelle celle aspettando un fantomatico processo che non arriva mai.

«Quando piove, in una sola ora l'acqua sale di cinquanta centimetri allagando le celle-pollaio che diventano invivibili. I ragazzi camminano in mezzo ai loro rifiuti.» Solo di recente i Msf hanno avuto il permesso di costruire per loro una grande palafitta di legno e paglia che li ripara dall'acqua.

«Le Filippine hanno firmato e ratificato nel 1990 la *Convenzione internazionale sui diritti dell'infanzia* che prevede un sistema giudiziario minorile separato con le dovute garanzie durante i procedimenti e nel trattamento dei "piccoli criminali"» dicono gli autori del documentario «ma ancora oggi la legge che vige in quel Paese giudica allo stesso modo adulti e minori.»

Vorremmo vedere più filmati di questo genere. La televisione dovrebbe servire a fare conoscere, fare sapere, per cercare rimedi anche internazionali ai mali del mondo. Mentre veniamo sempre più assaliti da uno schermo aggressivo, vociante e frivolo che ci inonda di immagini ammiccanti e convenzionalmente «seduttive», le quali non riescono nemmeno più a divertire, ma sono solo desolanti e prevedibili fino alla nausea.

(da "Corriere della Sera", 28 febbraio 2001)

La protesta senza odio delle "Donne per la Pace"

L'elezione di Sharon sta dando i suoi frutti. Dai luoghi delle contese arrivano notizie inquietanti: «ventidue famiglie palestinesi che vivono a Mawasi, distretto di Gaza, hanno avuto l'ordine di evacuare le loro case per ragioni di sicurezza». Gli abitanti stanno facendo resistenza, dice una lettera di Gush Shalom del gruppo Israeli Peace Block che chiede disperatamente aiuto. Mawasi «è una enclave palestinese fatta di case e fattorie, completamente circondata da insediamenti israeliani del Katf block» spiega Shalom. «Questi coloni stanno cercando da anni di "liberarsi" della presenza dei palestinesi con tutti i sistemi possibili. Quasi un mese fa sono stati visti sulle televisioni israeliane e internazionali dare fuoco ai campi e alle case degli abitanti di Mawasi. Due coloni sono stati arrestati in quell'occasione e rilasciati dietro cauzione.»

Mi sembra importante che una voce simile provenga da parte israeliana. Ma quella di Gush Shalom non è sola. Esiste ed è molto attiva a Tel Aviv una "Coalizione di Donne per la Pace" di cui fanno parte più di cinquecento giovani e anziane che vivono in varie zone di Israele. Sono donne arabe ed ebree che portano avanti un progetto ambizioso e intelligente: inventare una cultura della pace che non venga dai politici ma dalle famiglie, e siano le donne a proporla partendo dal loro corpo. Un corpo che per l'occasione perde la sua visibilità sessuata, così comune e necessaria al mercato, per diventare pura indicazione di nutrimento e affettività.

Ecco come Gila Svirsky descrive una giornata passata per strada a protestare contro il blocco delle zone occupate: «Ci siamo ammassate fuori dal cancello di entrata del Pentagono israeliano, davanti al ministero della Difesa di Tel Aviv. Eravamo diverse centinaia di donne, vestite di nero, e portavamo sul petto un cartello con su scritto "Closure" (blocco) in ebraico, arabo e inglese. Al segnale, un gruppo ha cominciato ad attraversare la strada, molto lentamente, nell'intento di rallentare il traffico. Alcune donne poi si sono sedute in mezzo alla strada e sono rimaste lì con i cartelli tesi in faccia alle auto: un modo per fare capire ai passanti cosa vuol dire rimanere bloccati, nell'impossibilità di raggiungere le proprie città e i propri villaggi.

«A questo punto è arrivata la polizia con le sirene spiegate. Non hanno perso tempo a chiedere chi eravamo e cosa facevamo. Hanno solo arato il terreno e gettato le donne da una parte, come fossero sacchi, cercando di acchiapparne il più possibile. Ma appena i poliziotti le lasciavano libere, le donne tornavano in mezzo alla strada. Io sono rimasta ritta davanti ad una macchina con il mio cartello ben visibile sul petto. Un automobilista mi ha colpita (gentilmente) e ha cercato di spingermi da parte col muso dell'auto. Io non stavo facendo niente di violento ma mi rifiutavo di spostarmi dalla strada. La polizia continuava a tirarci via, ma appena lasciate, le donne tornavano a sedersi per terra. Finché hanno capito che non c'era niente da fare e hanno cominciato a spingerci con movimenti rapidi e brutali, dentro i loro vagoni blindati. Alla stazione di polizia ci hanno interrogate con civiltà, devo ammetterlo, per quanto ci abbiano accusate di tutto ciò di cui potevano accusarci: dimostrazioni illegali, blocco del traffico, resistenza a pubblico ufficiale, attacco ai camion della polizia, e nel mio caso attacco a una macchina civile (povera macchina!). Gradualmente ci hanno rilasciate tutte dietro pagamento di una cauzione. Devo ringraziare le tante donne ebree e musulmane che ci hanno aspettate fuori dal posto di polizia fino quasi alle due di notte, ci hanno accompagnato a pagare le cauzioni e ci hanno confortato con cibo e bevande calde. I giornali di Israele hanno appena accennato all'avvenimento. Ma hanno dovuto ammettere che si tratta di un fatto nuovo: solo donne e senza armi, senza pietre, con cartelli che non avevano parole di odio».

Queste sono le notizie non ufficiali che arrivano da Israele e mi pare importante metterle in rilievo. Perché la pace non si costruisce solo dall'alto attraverso trattati e accordi politici ma anche con la partecipazione della gente comune che contribuisce alla formazione di una coscienza collettiva nuova e responsabile. Certamente il primo passo è un accordo fra popolazioni di diversa religione nel rispetto dell'identità e della storia dell'altro.

Qualcuno dirà che è tutto molto più complicato e difficile. Certamente è vero, ma una soluzione va trovata e non può che arrivare da esperimenti simili a questi. Come dimostrano i continui scambi e le richieste di informazione via Internet, le rivendicazioni di pace ci sono e da tutte e due le parti. Molti, fra musulmani e cristiani pensano che l'accordo anche fra religioni diverse, fra culture diverse, sia possibile e vada coltivato con pazienza. Aggiungo che esiste anche in Italia un gruppo per una intesa pacifica fra Israele e Palestina che fa capo alla parlamentare europea Luisa Morgantini; si chiama "Donne in nero Italy", e organizza settimanalmente viaggi in Palestina per solidarizzare con le donne della "Coalizione per la Pace".

(da "Corriere della Sera", 17 aprile 2001)

La crociata americana per i diritti del feto

San Francisco, aprile 2001. «Siamo appena entrati nell'èra Bush e già il linguaggio sta cambiando» mi fa notare un amico americano. «In che senso?» «Tornano in auge parole che erano sparite dal gergo politico, tipo Patria, Vita, Bandiera, Eroismo, Uomo Superiore, Razza ecc. Prova ad ascoltare i discorsi al Parlamento che trasmettono la mattina sul canale 24. È istruttivo.»

La mattina dopo in albergo mi sintonizzo sul canale 24, e mi trovo subito dentro una discussione parlamentare del tutto inaspettata sulla difesa del feto. Un folto numero di deputati sta facendo le dichiarazioni di voto in favore o contro la nuova proposta di legge numero 503.

«Ogni Vita nuova deve essere protetta dalla criminalità che la vuole vittima prima ancora di nascere» dichiara con energia il repubblicano Jerrold Nadler. «Il bambino non ancora nato spesso diventa preda di un criminale assassinio. Muore ed è come se non fosse mai morto. Il responsabile della sua soppressione non sarà mai punito.»

Viene mostrata la foto patetica di una donna giovane dall'aria affranta che tiene in braccio un neonato morto. Lo speaker spiega che la madre è stata presa a calci dal marito negli ultimi giorni di gravidanza e di conseguenza il figlio è venuto al mondo cadavere. «Il piccolo Zacaria è morto nel ventre di sua madre e il padre che l'ha massacrato si trova oggi libero. L'uomo ha dovuto solo pagare una ammenda per le violenze contro la moglie. Ma ha soppresso un bambino e nessuno può accusarlo di questo perché il feto non è ancora un individuo.»

La discussione, che si indovina tesissima, si mantiene però dentro le regole di una formale cortesia. Nessuno interrompe mai l'altro che parla. Nessuno va oltre i tre minuti concessi dal presidente. Ogni relatore viene introdotto con la frase antiquata e cerimoniosa: «Now we will listen to the gentleman from Pennsylvania», «Now the gentleman from Ohio», ovvero «Adesso ascolteremo il gentiluomo della Pennsylvania, il gentiluomo dell'Ohio» ecc.

Non si parla mai direttamente di aborto ma è chiaro che l'argomento di fondo è proprio quello. Anche se la questione è stata aggirata in un modo subdolo e astutissimo. Qualcuno infatti ha scoperto, frugando fra le statistiche, che la quinta causa di morte fra le donne gravide sta nelle violenze che subiscono dal marito o dal compagno di vita. Prese a pugni, a calci, a sediate, sbattute contro i muri, buttate giù dalle scale, molte donne gravide finiscono per perdere il figlio, quando non ci rimettono la loro stessa vita.

Da qui una facile crociata per la difesa del bambino non ancora nato. Ovvero contro l'omicidio del figlio tramite il corpo della madre. E chi potrebbe trovare da ridire contro una simile denuncia? La fotografia del piccolo Zacaria sta lì a testimoniare una violenza di cui le donne sembrano essere vittime come i figli.

«Se è vero che tante donne muoiono, rimangono deturpate o perdono i figli per violenze famigliari, inaspriamo le leggi contro i picchiatori» dice con ragionevolezza il democratico Jeremy Baldwin. «Voi commuovete il pubblico con la storia del piccolo Zacaria ucciso dal padre e proponete una legge generica che colpirebbe prima di tutto le donne. Se volete davvero proteggere il feto colpite quell'uomo che aggredisce sua moglie, punitelo, mandatelo in prigione, ma che c'entrano tutti gli altri feti?» E aggiunge con buonsenso: «Se ci fossero delle buone leggi contro i maltrattamenti in famiglia, contro le crudeltà sulle donne, se si aiutassero i centri di assistenza alle madri brutalizzate che già esistono e spesso sono costretti a chiudere per mancanza di mezzi, gli aborti scomparirebbero».

Ma i repubblicani propongono la 503 come una novità assoluta: una legge che non colpisce le donne ma solo coloro che incrudelendo contro le donne gravide, causano la morte del nascituro. E bisogna dire che ad ascoltare superficialmente i loro discorsi sembra davvero che vogliano colpire i padri picchiatori.

«Io parlo per coloro che non possono parlare» dichiara drammaticamente il repubblicano Jim Ryun del Kansas. «Nel caso di Zacaria abbiamo due vittime, la madre e il bambino non nato. Solo che lei può accusare il suo aggressore, signori, mentre il piccolo non può farlo, questo si chiama ingiustizia.»

E il repubblicano Spencer Bacchus dell'Alabama incalza rabbioso: «Quando il feto è minacciato noi dobbiamo intervenire. È nostro preciso dovere di cittadini punire quegli uomini che attraverso le madri recano danno ai figli».

La deputata Jay Inslee di Washington accusa apertamente i repubblicani: «In questo modo voi state tentando di togliere alle donne il diritto di decidere! È una manovra calcolata, è un inganno che fate ai vostro pubblico».

Ma un'altra donna, la repubblicana Jo Ann Davis della Virginia ribatte serafica: «Difendendo il bambino nel grembo di sua madre, noi non impediamo alle donne di prendere le loro decisioni. È una azione in positivo la nostra, non in negativo».

Il gentleman Ed Bryant del Tennesee insiste: «Il bambino non nato deve essere riconosciuto come essere umano bisognoso di protezione in caso di aggressione contro il corpo che lo contiene, che l'aggressore sia il padre, o un nemico in guerra, o un rapinatore» (e qui ricorda il caso di una recente rapina in banca in cui sono morte due donne incinte). «Non si tratta di una legge contro l'aborto, ma di una legge che colpisce le aggressioni contro il feto.»

Ne ho abbastanza per dare ragione al mio amico americano: in effetti il nuovo linguaggio è si è già insediato nei luoghi del potere e fa da spia ad un nuovo modo arrogante, retorico e mistificatorio di affrontare i grandi problemi della vita e della morte. Nessuno di questi difensori dei diritti del feto specifica cosa intende per feto: tutti parlano del bambino Zacaria che è stato ucciso a calci dal padre a pochi giorni dalla nascita e si dà brutalmente per scontato che ogni aborto equivalga al caso Zacaria. Si cerca di evitare la criminalizzazione delle donne che sarebbe impopolare e perciò ci si sofferma sui padri violenti, ma la legge in realtà non ha come oggetto la violenza paterna, bensì vuole trasformare il feto in un bambino con tanto di statuto sociale. È chiaro che se passasse, andrebbe a colpire prima di tutto le donne che abortiscono, equiparandole di fatto ai picchiatori delle «povere donne gravide».

Se in Italia andranno al governo gli emuli di Bush, immagino che dovremo aspettarci astuzie forse anche più bizantine per rivedere la legge sull'aborto. Legge che evidentemente non riguarda la preoccupazione per le sorti dei bambini non nati, ma mette in questione la libertà delle donne alla autodeterminazione. Tutti sanno che la legge sull'aborto è stata la sola causa della caduta (40 per cento in meno in pochi anni) dell'aborto stesso. Semmai si tratta di andare avanti nella diffusione dei mezzi anticoncezionali e di una più approfondita educazione sessuale, non certo di tornare indietro al proibizionismo.

(da «Il Messaggero», 3 maggio 2001)

Che ne sarà dei nostri parchi?

È strano come un fatto che a molti risulta logico e semplice appaia ad altri come pretestuoso ed estremista. Difendere i parchi è davvero un atto sovversivo? oppure un inutile gesto da «buonisti», tipico di chi sta con la testa fra le nuvole?

Eppure sono anni che gli scienziati dicono e ripetono che gli investimenti sull'ambiente sono vitali per un mondo che si sta autodistruggendo. Sono anni che i più avvertiti mettono in allarme: il cemento, sparso a man bassa, porta siccità, allagamenti, devastazioni irreversibili. Sono anni che chi ha interesse al bene della collettività va sostenendo che le nostre campagne si stanno esaurendo, che le nostre coste sono al collasso, che il nostro mare si sta avviando a diventare una pattumiera, che i nostri fiumi sono carichi di veleni, e i nostri laghi sono quasi tutti morti.

Ma ancora qualcuno afferma che il futuro sta nella cementificazione forzata del territorio. Perché il cemento porta case, alberghi, porti, e con questi arrivano i turisti e coi turisti entrano i soldi e il lavoro. Per costoro i pericoli di cui si è parlato prima non esistono, e se esistono comunque bisogna ritenerli di molto inferiori all'utilità della cementificazione.

Ma davvero è più importante un guadagno immediato piuttosto che assicurare un futuro più umano per i nostri figli? è davvero una cosa da utopisti puntare su un domani meno inquinato di veleni e di sostanze tossiche? Le opere di distruzione del territorio, ormai lo sappiamo, sono destinate a ritorcersi contro gli abitanti della zona devastata.

A che serve diventare più ricchi se poi i figli soffriranno di asma bronchiale, di allergie su allergie, di cancro della pelle e delle ossa?

Prendiamo il caso dell'oasi del parco del Ticino, difeso con accanimento dal suo presidente, Luciano Saino. «Nell'ottobre scorso mezza Italia del nord è andata sott'acqua», spiega Saino in una intervista di aprile. «Ma qui non ci sono stati praticamente danni perché il nostro parco copre oltre 91.000 ettari: due terzi sono urbanizzati o coltivati in maniera intensiva, un terzo è in condizioni naturali. Ebbene questo terzo ha salvato gli altri due: il fiume ha trovato lo spazio per espandersi senza fare danni. Quei 30.000 ettari di natura protetta sono stati il miglior certificato d'assicurazione per i paesi vicini. Ma proprio su quei 30.000 ettari oggi è in atto un progetto di devastazione senza pari.» Di che si tratta? Di una pista che deve collegare l'aeroporto con la rete stradale e passerà proprio in mezzo al parco. «Così faranno fuori boschi secolari di querce, carpini, ontani.»

Gli alberi? Sacrifichiamoli, è la sentenza incosciente: è più importante il lavoro. Ma non c'è bisogno di essere degli esperti per sapere che gli alberi hanno una funzione che va molto al di là della loro bellezza. Sempre più diventiamo consapevoli che essi sono le sentinelle del clima, che costituiscono una preziosa funzione di pompa di ricambio dell'aria, serbatoi di ossigeno pulito. Guai a sottovalutare l'importanza degli alberi, l'integrità dei boschi. I danni si pagheranno a miliardi quando il terreno sarà diventato franoso, quando le acque che non trovano sfogo si getteranno sulle case e sui terreni coltivati, o quando al contrario la campagna si prosciugherà e diventerà sterile.

«Il nostro parco è un rifugio essenziale per la salute psicofisica dei quattro o cinque milioni di persone che gravitano intorno a Milano», continua Saino. «Abbiamo 30.000 studenti, 1800 aziende agricole biologiche che guadagnano bene. Abbiamo un tasso di disoccupazione così basso che non sembra di stare in Italia. Eppure quel parco dà fastidio a molti che lo vogliono, se non proprio eliminare per lo meno ridurre.»

In Italia questi polmoni d'aria pulita che sono i parchi, anziché aumentare come vorrebbe la logica, sono costantemente messi a rischio da una politica cieca che, irridendo agli allarmismi, punta ancora tutto sullo sviluppo forzato e il turismo di massa. Molti parchi negli ultimi tempi sono stati ridimensionati. Famoso il caso del parco di Portofino che è stato ridotto da 4600 ettari a 1000. O il caso del parco di Bracciano che è in procinto, per volere della Regione Lazio, di essere ristretto nel suo perimetro di protezione territoriale. O quello del Trasimeno, il cui lago è gravemente inquinato e a cui vengono negate le risorse economiche per la pulizia delle acque. O il caso del parco di Gola della Rossa e Frasassi nelle Marche, minacciato dal progressivo ingrandirsi delle cave di calcare massiccio. O il caso del parco d'Abruzzo che è messo in pericolo dal terzo traforo del Gran Sasso e dal potenziamento degli impianti sciistici. O ancora il caso del parco provinciale del Trentino-Alto Adige che non è riuscito a impedire la caccia nei suoi territori. Le ragioni dei cacciatori sono chiare: vogliono avere la libertà di cacciare come e quando desiderano, entrando, come già loro permesso dalla legge, in qualsiasi proprietà, per sparare a uccellini che neanche mangiano. Gli amministratori locali avrebbero l'obbligo di dare la precedenza agli interessi del territorio, per il bene comune, pensando al futuro della collettività, facendo ragionare i proprietari di terreni che puntano al rendimento intensivo, ma non lo fanno. Certamente più case, più alberghi, più impianti sciistici, più strade, portano lavoro e denaro. Ma le ragioni del benessere immediato non possono fare dimenticare quelle del futuro del Paese, il dissesto ecologico ha già prodotto abbastanza danni. E per pagare quei danni paradossalmente gli speculatori finiscono per spendere tutto il denaro guadagnato con lo sfruttamento del territorio. È logica questa? «Se vogliamo davvero difendere il Paese dovremmo destinare a parco per lo meno il 10 per cento del territorio nazionale. Esiste già una legge del 1991 sulle Aree Protette che lo esige. L'aveva auspicato anche Benedetto Croce agli inizi del secolo. Non possiamo tornare indietro», dice Franco Tassi, direttore del parco d'Abruzzo, oggi considerato parco modello e per questo nel mirino dei fautori della cementificazione.

Non si tratta di destra o di sinistra, ma di logica e ragionamento, di interessi comuni e preoccupazioni per il futuro. Non possiamo fare dipendere il domani del Paese dalle lotte fra i partiti o dal bisogno di contraddire e cancellare quello che è stato fatto da coloro che si considerano «avversari». È l'Onu che lancia oggi un allarme sul surriscaldamento del pianeta. Vogliamo ascoltare le ragioni della conservazione delle specie anziché gettarci come affamati sul luccicante mercato dei beni da vendere o comprare?

(da "Corriere della Sera", 14 giugno 2001)

Il dolore non ha bandiera. Risposta a Oriana Fallaci*

Cara Oriana, ho sempre ammirato la tua sincerità, il tuo coraggio. Sono stata contenta di vedere di nuovo la tua firma sul "Corriere": finalmente Oriana Fallaci torna a battagliare come è nel suo carattere, mi sono detta. Bentornata in Italia!

Leggendo il tuo lungo e appassionato articolo però devo dirti che l'ammirazione per il tuo coraggio si è trasformata presto in allarme per la tua incoscienza. Proprio nel momento in cui tutti, dal Papa al presidente degli Stati Uniti, cercano di distinguere fra cultura islamica e terrorismo, proprio in questa circostanza così delicata e grave per il futuro del mondo, tu te la prendi con chi non è pronto a buttarsi in una guerra di religione. Per te chi distingue fra terrorismo e islam è un ipocrita, un «fottuto» intellettuale, meschino e spocchioso. Con questo criterio anche il Papa sarebbe un ipocrita e che dire del presidente Bush, che altrove esalti con tanta commozione? Subito dopo l'eccidio Bush è andato a visitare una moschea, l'avrai visto anche tu. Cos'è, anche lui un politico che tu metti fra i farisei e gli impostori?

«Abituati come siete al doppio gioco, accecati come

* Lettera aperta a Oriana Fallaci dopo la pubblicazione del suo articolo "La rabbia e l'orgoglio" sul "Corriere della Sera" del 29 settembre 2001.

siete dalla miopia, non capite e non volete capire che qui è in atto una guerra di religione» tu scrivi con invidiabile piglio militaresco. «Una guerra che non mira alla conquista del nostro territorio ma alla conquista delle nostre anime. Alla scomparsa della nostra libertà e della nostra civiltà. All'annientamento del nostro modo di vivere e di morire, del nostro modo di pregare o non pregare, del nostro modo di mangiare e bere e vestirci e divertirci e informarci. Non capite o non volete capire che se non ci si oppone, se non ci si difende, se non si combatte, la jihad vincerà. E distruggerà il mondo che bene o male siamo riusciti a costruire, a cambiare, a migliorare, a rendere un po' più intelligente, cioè meno bigotto o addirittura non bigotto. E con quello distruggerà la nostra cultura, la nostra arte, la nostra scienza, la nostra morale, i nostri valori, i nostri piaceri...»

Oriana, lo so, non ti si può chiedere di ragionare con calma, ma santo Iddio, ferma un momento la tua furia e guardati intorno. Proprio New York in cui hai scelto di vivere, è la città più multietnica che esista al mondo. Nei grattacieli, lo sai, sono morti quattrocento musulmani. Schiacciati, soffocati o bruciati vivi, per mano di alcuni criminali.

I primi a fare le spese del fanatismo religioso sono proprio loro, i figli di Allah: le tante ragazze sgozzate in Algeria per la semplice ragione che frequentavano una scuola, i tanti contadini che avevano la sola colpa di coltivare la terra e pretendere di vendere i loro prodotti in un mercato misto; le tante donne che in Afghanistan sono state lapidate perché scoperte a camminare con un burqa non abbastanza lungo o non abbastanza fitto davanti agli occhi.

Non sono stati gli islamici in generale a fare l'eccidio, come non sono stati gli italiani in generale a buttare la bomba alla Banca dell'Agricoltura di Milano o alla stazione di Bologna, ma persone con nome e cognome. E sono queste persone che vanno scoperte e processate e condannate, come si è fatto dopo il nazismo con il processo di Norimberga. La guerra non è una risposta congrua contro il terrorismo, ma quello che servirebbe semmai è una grande operazione di polizia internazionale.

Certamente molti hanno risposto alle tue veementi parole, perché con la tua passione hai toccato un punto nevralgico, una memoria dolorosa: la paura dell'islam ha radici lontane. C'è ancora un'eco in noi che suona con voce infantile: *mamma li turchi!*

«Quando è in ballo il destino dell'Occidente» tu scrivi «la sopravvivenza della nostra civiltà» va salvaguardata! Non ti sembra di esagerare? «Se crolla l'America, crolla l'Europa. Crolla l'Occidente, crolliamo noi. [...] E al posto delle campane ci ritroviamo i muezzin, al posto delle minigonne ci ritroviamo il chador, al posto del cognacchino il latte di cammella.» È un allarmismo il tuo che capisco provenga da dolorose esperienze di inviata di guerra, ma finisce per resuscitare antichi odii e ancora più antiche paure assolutamente fuorvianti per riconoscere e colpire i reali colpevoli di questa strage.

Non puoi dire che in Italia «le moschee di Milano e di Torino e di Roma traboccano di mascalzoni che inneggiano a Usama Bin Laden, di terroristi in attesa di far saltare in aria la Cupola di San Pietro», perché non è vero. Proprio in questi giorni a Palermo, a Napoli ci sono state delle manifestazioni di arabi e di italiani per ricordare i morti uccisi dal terrorismo a Manhattan. Non puoi criminalizzare tante persone che lavorano, pregano e portano avanti con dignità una difficile vita di esilio. «Mi spieghi signor cavaliere: son così incapaci i Suoi poliziotti e carabinieri? Son così coglioni i Suoi servizi segreti? Son così scemi i Suoi funzionari?» insisti tu con aria da inquisitrice. «Oppure a fare le indagini giuste, a individuare e arrestare chi finoggi non avete individuato e arrestato, Lei teme di subire il solito ricatto razzista-razzista?»

Ma Oriana, se proprio il Paese che tu porti ad esempio non è stato capace di prevenire quell'orrore, perché pensi che avrebbe dovuto farlo il nostro? Il terrorismo è vile, vive di finzioni, si mimetizza, finge, inganna, si insinua, approfitta della buona fede e della libertà, che come giustamente dici, sono le grandi conquiste dei Paesi non dominati da una teocrazia. A me sembra che proprio l'enormità del progetto abbia impedito di vederlo e prevenirlo. L'idea di trasformare dei pacifici aerei di linea in micidiali ordigni di morte per migliaia di innocenti era difficile da immaginare. Gli anarchici che uccidevano un re o un capo di Stato sembrano, a guardarli oggi, dei bambini intenti a giocare coi soldatini. Eppure anche loro hanno cambiato il corso della storia. Ma gli anarchici si rivolgevano a una persona precisa, che ritenevano colpevole di qualcosa di grave (assassinii, torture, abusi di potere ecc.) mentre qui, in pieno periodo di pace, con l'inganno più sfrontato e imprevedibile, si è infierito contro degli innocenti assolutamente ignari del pericolo che incombeva su di loro. Uno sterminio di massa portato a termine con tanta sfrontatezza e tanta mostruosa gelata insensibilità è fuori da ogni previsione.

Masochisti, tu dici, siamo masochisti. «Perché vogliamo farlo questo discorso su ciò che tu chiami Contrasto-fra-le-Due-Culture?» E qui con foga impaziente sostieni che non vuoi nemmeno sentire parlare di due culture, perché le si metterebbe sullo stesso piano «come se fossero due realtà parallele». E parti come un ciclone a fare quello che chiunque abbia una briciola di buon senso ti direbbe non si può fare: una comparazione fra civiltà. Non c'è bisogno di avere studiato antropologia (un'arte squisitamente europea, figlia di una cultura illuminista, attenta verso l'altro, il diverso) per sapere che ogni confronto fra culture è insensato. In quanto la civiltà è in movimento, non ha niente di monolitico, sfugge al concetto di bene e di male. Ogni cultura, anche la più apparentemente primitiva, vive di valori, di regole, con una sua cosmogonia e una sua rete di relazioni e di beni affettivi che non possono essere disprezzati mai, per nessuna ragione. Non è inferiore un congolese perché va scalzo a pescare i pesci con la lancia e muore di Aids a trent'anni. Qualcuno potrebbe raccontarci che una terra ricchissima, la sua, piena di diamanti e di rame, è stata devastata, sequestrata e rapinata da chi aveva soldi e fucili, lasciando quell'uomo all'età della pietra. Ogni essere umano fa parte di un sistema di conoscenze e di opinioni più o meno sfortunato, più o meno vincente, ma sempre degno di vivere dignitosamente nel rispetto altrui. C'è stato un periodo in cui la civiltà africana contava più di Roma e di Atene. Per non parlare dell'islam, fra l'altro molto vicino a noi. «Siamo figli dello stesso Dio» ha detto umilmente papa Wojtyla. Per molti secoli l'islam ha insegnato all'Europa come contare le stelle, come calcolare la distanza dei pianeti, come pensare e scrivere le operazioni matematiche.

Le civiltà salgono e scendono, hanno momenti di prosperità e momenti di stasi e di povertà. Ma certamente è folle attribuire ai poveri la colpa di essere tali. Anche perché spesso, in nome della superiorità di razza e di un Dio severo, proprio chi si sentiva dalla parte del Bene e della Verità ha derubato, confiscato, schiavizzato chi considerava «ignorante e selvaggio».

Lasciamo stare il discorso sulle civiltà. Dopo millenni di odii e di guerre per lo meno dovremmo avere imparato questo: che il dolore non ha bandiera. Che ciò a cui aspira la maggioranza delle persone è una convivenza pacifica fra individui di diversa cultura e diversa fede.

Proprio le torri di Manhattan visibilmente ci dicono una cosa sacrosanta: che la civiltà oggi è fatta di un crogiolo di culture diverse. In quelle torri ferite a morte convivevano civilmente persone di quaranta nazionalità. L'America non sarebbe quella che è se non avesse accolto nel suo seno i neri d'Africa, i musulmani d'oriente, i cinesi, i giapponesi, gli irlandesi eccetera. L'America che tu ami non ha avuto paura di perdere la sua identità (eppure qualcuno che non voleva riconoscere dignità ai lavoratori stranieri c'era anche allora, erano i Sudisti, e per conquistare la libertà di pensiero e di tolleranza è stata fatta una guerra civile sanguinosissima). È la migliore America quella che ha vinto, l'America dell'accoglienza e della solidarietà. Io stessa in questi giorni lo sto provando sulla mia pelle cosa vuol dire multietnicità. Mia nipote, figlia di mia sorella e di un conosciuto pittore marocchino, ha sposato un irlandese-americano da cui ha avuto un bambino che in questi giorni è stato battezzato nella chiesa di Santa Maria del Popolo a Roma. Il bambino, Fosco Gabriele, porta in sé il seme di civiltà diverse: da grande parlerà l'inglese, l'arabo, l'italiano e il francese. Non per questo la civiltà occidentale sarà messa in pericolo.

Il fatto è che i Paesi ricchi e potenti possono permettersi delle libertà a cui i Paesi poveri spesso non hanno accesso: la libertà di parola, la libertà di pensiero, la libertà di istruzione, la libertà della democrazia e della ricerca scientifica e artistica. Sapere accogliere il diverso è una conquista, una forza, non una debolezza. Sono le nazioni che si sentono ai margini della storia, che hanno difficoltà di sopravvivenza, che affrontano il futuro con dolore e frustrazione a trovarsi impelagate nell'odio. Così come si odiano delle persone costrette a condividere una casa di trenta metri quadrati, che dispongono di una sola pagnotta per dieci bocche, che vedono morire i figli per malattie che altrove vengono curate e guarite. Essere ricchi e potenti non vuol dire automaticamente essere migliori. Ma certamente vuol dire avere più responsabilità. Mi è sembrata anche ottima l'idea di andare a frugare nei conti di questi terroristi miliardari. È lì che si annidano le prove dell'orribile delitto pensato a freddo e commesso in nome di un Dio pazzo e crudele.

Tu parli degli emigrati che approdano sulle nostre coste con sommo disprezzo quasi fossero loro i responsabili dell'eccidio: «Più che d'una emigrazione s'è trattato dunque d'una invasione condotta all'insegna della clandestinità. [...] Io non dimenticherò mai i comizi con cui l'anno scorso i clandestini riempiron le piazze d'Italia per ottenere i permessi di soggiorno. Quei volti distorti, cattivi. Quei pugni alzati, minacciosi. Quelle voci irose che mi riportavano alla Teheran di Khomeini»... Strano, come ognuno veda quello che vuole vedere. Non so se guardando meglio, senza prevenzioni, avresti scorto quello che ho scorto io e tanti altri con me: la disperazione di chi aveva lasciato la casa e il Paese per sfuggire a una guerra feroce o per cercare un lavoro, anche il più umile, purché gli permettesse di sopravvivere. Certo in mezzo a loro sono scesi anche dei delinquenti, tali e quali a quelli di casa nostra. Ma guai a non distinguere i giusti dagli ingiusti! Si fa una grave offesa alla verità. Non puoi non vedere che la maggioranza degli emigrati sono povera gente che non sa dove sbattere la testa. E scappano, come scappano gli afghani in questi giorni, dalle loro case, per paura delle bombe e della miseria. Non riesco proprio a capire come tu possa dire, con tanta baldanza: «peggio per loro»! «Se in alcuni Paesi le donne sono così stupide da accettare il chador [...] peggio per loro. Se son così scimunite da accettar di non andare a scuola, non andar dal dottore, non farsi fotografare eccetera, peggio per loro. Se son così minchione da sposare uno stronzo che vuole quattro mogli, peggio per loro»! Eppure tu sai benissimo che quelle donne rischiano la vita solo nel mostrare una mano nuda. Non è una scelta la loro ma una orribile imposizione da dittatura militare... Io sono stata in Afghanistan molto prima dei talebani e ho conosciuto donne che facevano l'avvocato, l'insegnante e non erano nascoste e infagottate come fantasmi. Ma tu non distingui: «Usama Bin Laden afferma che l'intero pianeta Terra deve diventar musulmano, che dobbiamo convertirci all'Islam, che con le buone o con le cattive lui ci convertirà, che a tal scopo ci massacra e continuerà a massacrarci». Perché non chiamarlo invece per quello che è: un atto di terrorismo fondamentalista che come tale va giudicato e combattuto? Se lo trasformi nella prima mossa di una guerra santa, fai solo il loro gioco. È una trappola, Oriana, in cui mi sembra che tu sia caduta con tutti e due i piedi, spinta dall'impetuosità travolgente e il coraggio – se mi permetti in questo caso un poco donchisciottesco – che ti sono propri.

In quanto ai kamikaze, tu dici di non avere pietà per loro. Ma non pensi che sia molto più spregevole e indegno di pietà chi li indottrina, chi li manda a morire, chi arriva a fargli credere che il loro corpo vale meno di una mina, meno di un fucile? Ho sentito una donna araba dire: però non mandano i propri figli a uccidere e morire, mandano i figli degli altri. Ecco chi è degno di disprezzo e di esecrazione: un gruppo di fanatici che trasforma degli esseri umani, dei ragazzini spesso adolescenti, in oggetti di morte. Tutto per dimostrare il loro potere, la loro ideologia, la loro fede, il loro fanatismo. Ma quale Dio può essere tanto sanguinario e nemico dell'essere umano da chiedere tali sacrifici?

Tu dici che la tua ira è esplosa quando hai saputo che in Italia, come in Palestina, la gente ha gioito per l'attentato terroristico alle due torri di Manhattan. Sei stata male informata: posso garantirti che nessuno in Italia si è rallegrato per l'orribile scempio. Non si è vista una sola immagine di festa o di compiacimento, né in televisione né per strada né altrove. Quello che si è visto è stato solo stupore, paura, indignazione, orrore. Tutti abbiamo fissato lo sguardo su quell'obbrobrio, tutti abbiamo osservato impotenti, con le lagrime agli occhi, quei corpi che si sporgevano disperati lungo le pareti dei grattacieli, incerti se gettarsi di sotto o affrontare una morte per fuoco: bruciati vivi, innocenti e giovani. Una morte di massa che ha sconvolto le nostre immaginazioni e le nostre aspettative per il futuro. Ti ripeto che nessuno in Italia ha esultato. D'altronde in quelle torri c'erano centinaia di italiani. Che sono stati ridotti a pezzi e possiamo chiamare fortunati quelli che sono morti subito, perché alcuni hanno languito sotto le macerie provando disperatamente a telefonare a casa – come dimenticare quelle voci che nell'orrore dello strazio mandavano coraggiosamente messaggi di amore ai propri cari? – ma come individuarli? come tirarli fuori? A volte noi cerchiamo di scrollarci di dosso il peso intollerabile delle sofferenze altrui. E chiudiamo gli occhi. Ma quando la morte diventa una rappresentazione in diretta, non puoi serrare le palpebre, non puoi voltare le spalle: sei coinvolto fino in fondo, muori un poco anche tu. E noi siamo tutti un poco morti, lanciandoci nel vuoto come quei poveri infelici che abbiamo visto agitarsi per tanti lunghissimi momenti, prima di sfracellarsi al suolo.

«Il terrorismo è l'assassinio dell'innocente», scrive Salman Rushdie. Questa volta si è trattato di un assassinio di massa. «Giustificare una simile atrocità biasimando la politica degli Stati Uniti significa ricusare l'idea stessa della moralità: che gli individui siano responsabili delle loro azioni.» Il fondamentalista terrorista è contro la libertà di parola, contro il voto universale, contro gli stati democratici, contro i diritti delle donne, contro il pluralismo... «Ma questi sono tiranni non musulmani!» Non ti sembrano parole sagge? Fra l'altro l'islam ha sempre avuto parole dure contro il suicidio, ci ricorda sempre Rushdie, un gesto che il suicida è condannato a ripetere per tutta l'eternità. Bisognerebbe fare una analisi, suggerisce lo scrittore, per capire come mai tanti fedeli siano attirati da questa forma di disobbedienza alle parole di Maometto. «Se l'Occidente deve cercare di capire i suoi Unabomber e McVeighs, l'islam ha bisogno di confrontarsi con i suoi Bin Laden», conclude Rushdie e mi sembrano parole precise e acute. La schizofrenia, il delirio di onnipotenza, l'uso perverso della tecnologia, l'accumulo maniacale del denaro, non sono indicativi né della religione cattolica né della religione musulmana, anche se alcuni individui affamati di successo e di potere hanno adoperato le due fedi per imporre le proprie ragioni di morte e di terrore. Trattiamoli come tali, processiamoli pubblicamente, ma evitiamo le guerre che colpiscono sempre e soprattutto gli innocenti.

Un caro saluto da Dacia Maraini.

(da "Corriere della Sera", 5 ottobre 2001)

La legge della decenza contro i profanatori di tombe

Che orribile senso di impotenza e di dolore di fronte a queste tombe profanate! Chi può essere così vile e meschino da prendersela con i morti? Alla mia mente si affaccia, come chiamata da una voce interiore, la giovane donna greca che, pur sapendo di rischiare la condanna a morte, si arma di badile e vanga per andare a scavare la tomba per suo fratello morto e lasciato insepolto per la strada. «A te dico, a te Antigone che inclini il volto a terra: ammetti o neghi di averlo fatto?» chiede il re Creonte appena viene a sapere della disubbidienza. «Sì, l'ho fatto e non lo nego» risponde dignitosa la ragazza.

Creonte sapeva che la tradizione voleva che i morti fossero sepolti, ma più che la pietà in quel momento gli stava a cuore l'esempio. Quei corpi nudi, dalle membra abbandonate, le ferite scoperte, il viso sporcato dal fango e dall'acqua, quei corpi lasciati in preda alle mosche, ai topi, agli uccelli rapaci, dovevano servire da monito per i ribelli. Nessuno doveva compiere l'atto di carità che consiste nel pulire, lavare i propri morti per consegnarli con amore alla terra. Questo Creonte aveva proibito, con un eccesso di severità dimostrativa, di cui nemmeno gli dèi più accigliati potevano essere contenti.

«I destrieri imbizzarriti io lo so, vengono regolati da un piccolo morso e non può fare il superbo chi è soggetto.

Costei sapeva bene di commettere una colpa violando le leggi stabilite e dopo averlo fatto, la seconda colpa è di vantarsi e deridere tali leggi» dichiara con prosopopea il re e per dare un esempio che lui ritiene politicamente efficace, condanna Antigone a essere sepolta viva.

Creonte pensa così di avere messo le cose a posto, ma non tiene conto degli effetti che una presuntuosa legge vessatoria può avere sul cuore sensibile di un ragazzo: il suo proprio figlio Emone. Il quale sceglie di morire con Antigone, contro ogni controllo e ogni aspettativa del padre tiranno.

Profanare una tomba può significare, oggi come allora, seguire le presuntuose leggi di Creonte, significa vietarsi alla pietà che è la legge più profonda e radicata negli animi umani, per inseguire un odio che non conosce tregua nemmeno dopo la morte. Per quell'odio insensato e vanaglorioso Creonte fu condannato a soffrire la perdita del figlio prima e della moglie Euridice poi, anch'essa suicida contro la volontà del marito.

State attenti, vorrei dire a questi stupidi profanatori di tombe, i quali certamente credono di onorare una qualche loro ideologia perversa mettendosi contro le leggi della decenza e degli affetti. State attenti perché finirete come Creonte, l'uomo che credeva di potere imporre l'animosità con un editto, ponendosi arrogantemente al di sopra dei piccoli e sacri sentimenti della gente. State attenti, vorrei dire loro, perché l'odio ideologico vi si rivolterà contro e finirete per perdere gli affetti dei più cari, finirete per rimanere soli e ciechi nella vostra ottusa volontà distruttiva. Di questo piangerete e non vi sarà più rimedio.

(da "Il Messaggero", 19 luglio 2002)

La voce scomoda di Cassandra

I pericoli che la nostra povera terra, tormentata, martoriata, avvelenata, sfruttata fino allo sfinimento sta affrontando, li conosciamo. Scienziati, verdi, ecologisti ci hanno avvisati e preparati ai pericoli cui andiamo incontro. Il problema è l'ascolto. Molta gente non vuole ascoltare perché ha sposato in pieno la filosofia del *carpe diem*. Oggi mi riempio la pancia, domani si vedrà; oggi butto in mare la spazzatura, peggio per chi viene dopo; oggi consumo tutta l'acqua che c'è, domani qualcuno provvederà. L'atteggiamento è irresponsabile ma molto comune, anche perché incoraggiato da una filosofia del mercato che in questo periodo è molto in voga.

Altri non ascoltano perché hanno degli interessi da difendere: produttori di veleni industriali, venditori di beni che si servono largamente dei veleni sopradetti. E sappiamo quanto costoro fanno per impedire una giusta distribuzione dei beni attraverso la chiusura dei mercati e i veti internazionali. Insomma le orecchie incerate sono molto più numerose di quelle disponibili ai ragionamenti sul futuro. E le cose finiscono per andare come sono sempre andate: si vive alla carlona, giorno per giorno, arraffando e sfruttando tutti i beni disponibili, senza un pensiero per l'indomani.

Quello che manca è uno sguardo responsabile proiettato in avanti: un moto profondo di immaginazione. La nostra è una cultura che evita e disprezza l'immaginazione, considerandola uno strumento adatto solo per coloro che sognano a occhi aperti e quindi lavorano poco. Gli scrittori dovrebbero lavorare proprio su questo: provocare, risvegliare nelle persone la capacità di vedere il futuro. Parole che suscitino visioni, che rendano sensibile lo sguardo. Prevedere la catastrofe può significare evitarla o comunque apparecchiare delle prevenzioni che ne diminuiscano gli effetti. Cassandra aveva questo dono e veniva presa a pietrate dai suoi concittadini. Non è facile accendere visioni che riguardano i giorni che seguiranno ai giorni, soprattutto quando queste visioni sono minacciose e poco rassicuranti. Si rischia per l'appunto di essere presi a pietrate. Dagli affaristi, dai fondamentalisti di varie fedi, compresa quella del liberismo a tutti i costi. È difficile fare capire che lo sviluppo, se non è regolato, se non è condiviso, porta catastrofi e lutti. L'euforia del mercato vuole occhiali rosa e sogni di onnipotenza. L'esaltazione dei cellulari per esempio, che riempiono le nostre tasche e ci fanno sentire leggeri e veloci. Ma che ce ne facciamo di milioni di telefonini sempre più sofisticati e intelligenti, se poi dovremo costellare i nostri tetti di antenne potenti che spargono nubi invisibili di elettrosmog, che a lungo andare provoca leucemia e cancro? Cosa ce ne facciamo di polli sempre più giganteschi se poi assieme alla carne mandiamo giù quintali di anabolizzanti e di antibiotici? Cosa ce ne facciamo di sempre più economiche gite in barca, se poi a fare un bagno nei fiumi, nei laghi, in mare si rischiano malattie della pelle, dei polmoni, degli occhi?

Per non parlare del surriscaldamento della temperatura, che solleverà gli oceani fino a mandare sott'acqua centinaia di città costiere. E della sovrappopolazione (fra trent'anni saremo otto miliardi), incoraggiata dalla irresponsabile proibizione della Chiesa e dei vari fondamentalismi orientali dell'uso dei preservativi, pur sapendo che sono l'unica prevenzione contro la diffusione dell'Aids e una efficace barriera alle nascite indiscriminate.

Cassandra ci avverte, nel suo linguaggio doloroso e scomodo, che se continueremo con questo metodo, in tempi brevi respirare diventerà una fatica (da ricordare che già oggi sei bambini su dieci sono preda di forme allergiche e asmatiche), che andremo incontro a giorni in cui l'acqua diventerà più preziosa della benzina e si comprerà a caro prezzo, giorni in cui il clima si trasformerà e si deformerà fino a diventare un nemico infido e minaccioso.

Non uccidiamola a pietrate per favore. Dice semplicemente la verità.

(da "Il Messaggero", 27 agosto 2002)

La pace non è un'utopia

Molte cose nella storia possono cambiare. La schiavitù per esempio e la tortura sono state ritenute per lunghi anni inevitabili e fatali: al tempo dei Romani possedere uno schiavo, venderlo o comprarlo era considerato un diritto «naturale». Oggi, almeno teoricamente, la schiavitù e la tortura sono state bandite e chi le pratica lo fa di nascosto. Si è stabilito il principio della inumanità del possesso legale di un individuo da parte di un altro. Naturalmente in molti Paesi, come denunzia anche Amnesty International, si continuano a vendere e comprare esseri umani, soprattutto donne e bambini, da sempre alla mercè dei più forti. Però nessuno più pensa che ciò sia lecito e legittimo, e chi lo fa cerca di non farlo sapere in giro perché si rende conto di trasgredire ad una legge accettata da tutti.

Molti pensano che la guerra sia una fatalità, qualcosa di ineluttabile ed eterno, come un destino a cui prima o poi dobbiamo soccombere. Perché non credere invece che, come è stata abolita la schiavitù, così la guerra può essere fermata e sostituita con la contrattazione e la diplomazia internazionale? Chi crede nella pace dovrebbe lavorare perché la guerra diventi un ricordo del passato, anche se ciò può sembrare per il momento una utopia. È chiaro che per arrivarci dobbiamo compiere una trasformazione culturale profonda, che sostituisca una cultura della pace alla cultura della guerra.

I motivi per cui si pensa che le guerre debbano esplodere sono di varia natura: ci sono le rivendicazioni territoriali, le dispute sui confini, le questioni religiose, le vendette storiche, le ragioni di mercato e di supremazia militare o politica, ma spesso sono solo dei pretesti che celano ragioni di rivalità politiche interne, odi irrazionali, debolezze da coprire con la creazione di un nemico esterno, questioni di volgare potere personale e interessi di classe o di corporazioni e lobby economiche. Se ci si riflette sopra, si scopre che il 90 per cento di questi falsi pretesti potrebbe benissimo essere smascherato e risolto in altro modo.

Quando si parla di una cultura della pace, c'è sempre qualcuno che tira fuori Hitler e la Seconda guerra mondiale: si sarebbe potuto fermare il nazismo senza la guerra? La risposta più sensata è: in una cultura della pace Hitler non avrebbe avuto lo spazio per imporsi e fortificarsi. Ma ci sono sempre dei pazzi, dirà qualcuno, degli assassini, dei criminali che vogliono il male degli altri e come fermarli? La risposta è che una cultura della pace dovrebbe comunque essere accompagnata da un sistema di controllo internazionale. Se ci fosse stato un organismo di questo genere che avesse raccolto la rappresentanza di tutte le nazioni della terra, e se questo avesse avuto la forza che oggi l'Onu non ha, incapace perfino di fare attuare le sue risoluzioni, un organismo in cui vigesse realmente la legge della maggioranza e le decisioni non venissero prese, come succede ora, solo da cinque nazioni egemoni, molte guerre non sarebbero scoppiate. Se ci fosse stato un organismo dotato di un sistema di polizia efficiente, alla prima invasione nazista, Hitler sarebbe stato fermato, magari con una azione forte ma che obbediva ad un regolamento democratico, rappresentante la volontà di tutti i Paesi del mondo.

A questo proposito Moravia parlava, con molta profondità, della «creazione di un nuovo tabù». Secondo lui, così come gli uomini hanno creato la interdizione dell'incesto, dovrebbero creare il divieto della guerra, un divieto interiore che diventi tanto abituale e sacro da allontanare «naturalmente» gli uomini dalla guerra.

Gli animali praticano l'incesto, così come gli uomini primitivi prima dell'esogamia lo usavano con molta tranquillità. Con l'esogamia, come spiega il grande antropologo Malinowski, gli uomini decidono di creare il tabù dell'incesto per uscire dal proprio gruppo ristretto e attuare lo scambio con altri gruppi sociali, in modo da poter espandere e diffondere la cultura. Questo tabù sarebbe alla base della civiltà.

Si tratta di una legge che nasce dalla necessità di proteggere, rinforzare e migliorare la razza umana. Una interdizione che nei secoli viene introiettata fino a diventare un secondo istinto, sentito da tutti come assolutamente naturale. Non è che una volta affermato il tabù dell'incesto, i rapporti sessuali in famiglia siano cessati, naturalmente, soprattutto il rapporto abusivo padre-figlia che nelle società patriarcali si ripete di generazione in generazione, ma viene ormai vissuto come una infrazione della legge naturale e nessuno si sogna di chiedere la sua legittimazione.

Anche per la guerra, l'interdizione che nascerebbe dalla necessità di preservare la razza umana dallo sterminio di massa reso ormai inevitabile dalle guerre nucleari, all'inizio sembrerà innaturale e forzata, ma poi finirebbe per imporsi, insinuandosi nell'animo umano, fino a stabilirsi come un vero istinto naturale.

Costruire una cultura della pace non è però solo un sogno anche se non è una cosa che si possa creare da un giorno all'altro. Qualcosa d'altronde è già successo: il fatto che, nonostante situazioni politiche internazionali molto critiche, si sia riusciti a evitare una guerra nucleare, è segno che la pericolosità di una simile guerra è già entrata nella coscienza dei più. Quello che bisogna fare ora è estendere questa presa di coscienza ricordando, attraverso la scienza e la divulgazione, che il potenziale distruttivo delle armi atomiche diventa sempre più funesto e dirompente, e una guerra atomica significherebbe la distruzione del pianeta.

Una volta le guerre erano relativamente piccole e ristrette, si combatteva con armi rudimentali, gli eserciti si scontravano ed erano soprattutto i guerrieri pronti a dare e prendere la morte che si ammazzavano fra loro. Oggi le guerre riguardano sempre meno gli eserciti e sempre più i civili che vengono sacrificati brutalmente per interessi che quasi mai li riguardano da vicino. Questa è un'aberrazione. A decidere la guerra sono i politici e i militari, ma poi chi muore sono soprattutto i civili, i deboli, i fragili, i bambini. Il che significa un attentato al futuro del mondo.

Insomma cominciamo col dire che le guerre non sono eterne, che possono essere fermate se si crea una cultura della pace, regolata da un organismo internazionale che rappresenti realmente gli interessi di tutti i Paesi. Anche questa trasformazione della guerra da scontro di eserciti a sacrificio dei più deboli deve farci riflettere sulle ragioni della pace, che si fa sempre più necessaria e impellente. Le popolazioni del mondo hanno il dovere di fare sentire la loro voce, che conta, conta più di quello che si crede, perfino un dittatore ha bisogno del consenso interno ed esterno per scatenare una guerra.

(da "Il Messaggero", 22 gennaio 2003)

Salviamo le piccole scuole, nido dell'identità nazionale

Ho partecipato, nella cittadina di Sulmona, a un incontro vivace sulla progressiva chiusura delle piccole scuole di montagna. C'erano insegnanti, presidi, studenti. Una volta tanto non c'è stato da litigare. Dal presidente della comunità montana, A. Carrara, agli organizzatori dell'incontro L. Antonelli ed E. Di Ianni, dal direttore generale della scuola regionale, Santilli, al presidente dell'amministrazione provinciale dell'Aquila, Susi, erano tutti d'accordo che le piccole scuole di montagna vanno preservate. Anche se vengono riconosciute le preoccupazioni del governo per le spese non redditizie. Ma si può chiamare spesa non redditizia una scuola di montagna, solo perché serve dieci bambini anziché trenta? La nuova politica scolastica sembra in effetti ritenere che sia le scuole che gli ospedali dei piccoli centri, quanto i brevi tratti ferroviari poco utilizzati, siano dei rami secchi da tagliare. Ma la scuola per un piccolo paese di montagna è altrettanto importante della chiesa, dell'ufficio postale, del campo di calcio, dell'ambulatorio medico.

Fra l'altro la teoria del ramo secco è in palese contraddizione con le tanto insistite politiche della famiglia. Si possono costringere dei bambini di sette, otto anni a fare tre ore di pullman al giorno per potere frequentare una scuola, uscendo la mattina alle sette da casa e tornando la sera alle sei? Certo, una volta passati al liceo, non solo sarà giusto ma forse anche auspicabile che i ragazzi prendano il pullman e vadano a studiare nei capoluoghi. Ma per lo meno fino ai dodici anni la scuola nel luogo dove si abita dovrebbe essere un diritto inalienabile.

Si tratta di una questione di identità sociale. Nella scuola i bambini fanno il primo passo verso l'indipendenza, familiarizzano con una insegnante che li introduce all'uso della lingua italiana, imparano a conoscere i loro coetanei che hanno gli stessi problemi e le stesse radici culturali.

Non voglio entrare nella questione della riforma morattiana che, a detta della maggioranza degli insegnanti, viene smantellata a furia di tagli. In favore di una scuola privata regolata da «sponsor», da «tutor» – parole che anche linguisticamente rivelano una soggezione di fronte a modelli di altri Paesi che hanno tradizioni e metodi completamente diversi dai nostri – una scuola intesa più come azienda che sforni esperti, che come luogo di formazione e di conoscenza. Fra l'altro, la politica europea che tende a ripopolare le zone montagnose, i villaggi abbandonati cozza contro questa preoccupazione tutta economica di chiudere ciò che a occhi miopi risulta non produttivo. Ma la scuola, prima di scodellare dirigenti e professionisti, non ha il compito importantissimo di creare una coscienza nazionale, uno spirito collettivo, una etica della conoscenza? Così come i piccoli ospedali, dove certo non si potranno avere a disposizione le grandi attrezzature specialistiche, sono però essenziali per le cure primarie di chi vive isolato. Sto parlando dell'Abruzzo montano dove si stanno chiudendo o ridimensionando scuole e ospedali, con l'argomento che a servirsene sono in pochi. Ma questa ossessione del risparmio, che naturalmente si esercita sui più deboli, sui più piccoli, a me pare insensata. Il nostro è il Paese degli sprechi, cominciamo con l'evitare questo inarrestabile scialo di denaro pubblico per opere grandiose mai completate, per stipendi burocratici che servono alla autoconservazione delle istituzioni e si vedrà che i soldi per le piccole scuole o per i piccoli ospedali salteranno fuori.

(da "Corriere della Sera", 27 febbraio 2004)

La nuova repressione in Usa. Multe a chi protesta

Recentemente ho ricevuto una lettera da una amica che lavora da anni nella biblioteca dell'Università di Stanford in California e mi racconta di quanto si è fatta aspra la battaglia contro i pacifisti negli Stati Uniti. La novità, secondo lei, riguarda i nuovi metodi di repressione che passano attraverso le pene pecuniarie. Sentite un esempio significativo.

Suo marito, Ed, che da anni fa parte dell'organizzazione popolare Pax Christi, mesi fa è stato arrestato per avere manifestato pacificamente, assieme ad altre 500 persone, davanti alla più grande azienda di esportazione di armi, la Lockheed Martin.

«La Lockheed Martin» mi specifica l'amica bibliotecaria «produce e vende i jet D-16 Fighter, i missili Hellfire, le mine antiuomo, gli AUP-3(M), armi a uranio impoverito, i missili Ballistic (SLBM) che vengono montati sul sottomarino Trident II, solo per dirne alcuni.»

Mesi prima, gli organizzatori della manifestazione pacifista avevano concordato con le autorità cittadine la data e l'ora di una dimostrazione contro la guerra, garantendo che non ci sarebbero state violenze di alcun genere.

La manifestazione c'è stata, tranquillissima, senza nemmeno un momento di nervosismo. Eppure, nonostante questo, cinquantatré pacifisti sono stati arrestati per «disobbedienza civile». Ammanettati, sono stati tenuti prima per ore in un campo da tennis, poi, ammassati su furgoni, sono stati portati nella prigione di Milpitas, e subito processati al Elmwood Correctional Facility. E sapete perché? Perché la fabbrica di armi Lockheed li ha denunciati per «danni morali». Gli organizzatori avevano fatto pubblicare, a loro spese, la notizia che i ventotto precedenti alti dirigenti della Lockheed sono oggi membri dell'amministrazione Bush. E che nel 2002 il vicepresidente della Lockheed, Bruce Jackson, è diventato presidente del comitato di liberazione dell'Iraq. E che, da quando la guerra dell'Iraq è cominciata, i contratti fra il governo attuale e la Lockheed sono cresciuti di 5 miliardi di dollari. Tutte notizie non smentite.

Ai dimostranti è stato chiesto di scegliere fra pagare 625,50 dollari o fare 80 ore di Servizio Civile, oppure 9 giorni di prigione. Quasi tutti hanno scelto il Servizio Civile. Solo quattro hanno deciso per la prigione, per ragioni di principio, fra questi Larry Purcell, della Redwood City Catholic Workers.

«La tattica è assolutamente inusuale» spiega Ed Ehmke, di Pax Christi «e se avrà successo, impedirà quello che è sempre stato un diritto nel nostro Paese, il diritto di parola (*free speech*).» «Imponendo ingiustificate penalità economiche – la cui entità può essere controllata dalle aziende o gli Enti verso cui si rivolgono le proteste» aggiunge Julia Harumi Mass, dell'American Civil Liberties Union of Northern California «si tende a punire chi esprime dissenso e si soffoca la partecipazione della gente comune alla vita politica del Paese. Insomma la protesta diventerà da noi un privilegio solo per i ricchi.» Questa sembra essere la faccia della repressione di nuova generazione: non tanto manette e bastoni, ma soldi. Chi ha disponibilità finanziarie se la cava, sia che abbia ucciso, sia che abbia rubato in grande, sia che abbia semplicemente partecipato a una manifestazione pacifista. Chi non ha soldi non si può permettere il lusso di criticare il potere, nemmeno quando ciò che dice è un fatto dimostrato. È questa l'America repubblicana e democratica che molti di noi ancora sognano?

(*da "Corriere della Sera"*, 10 *aprile* 2004)

Nessuna democrazia può ammettere la tortura*

Di tutte le proposte del nostro governo, questa della tortura è per me la più ripugnante, la più regressiva. Difficile da capire oltretutto: come si può tornare indietro su una conquista faticosamente ottenuta, considerata alla base di ogni democrazia moderna? Stabilire che un poco di tortura (come se si potesse pesare al bilancino un fatto così grave, così lesivo, così violento) sia da permettere, non solo è ridicolo perché mostra che chi lo chiede prova vergogna e si nasconde dietro un dito, ma fa capire l'enorme vocazione all'autoritarismo di una coalizione che grottescamente si richiama al liberalismo.

È chiaro che ancora in molte parti del mondo la tortura è praticata, ma ormai nessuno la considera più un diritto, bensì una necessità vergognosa da nascondere e tacitare. La condanna universale della tortura è stata la grande conquista dell'Illuminismo, delle scienze umanistiche e di una religione più a misura d'uomo. Al tempo della cattolica Santa Inquisizione, la tortura era considerata una pratica lecita, per carpire le occulte manovre del demonio. Ci si riferiva addirittura a un libro, il *Malleus*

* Il 22 aprile 2004 la Camera approva un emendamento alla proposta di legge sul reato di tortura che introduce nella definizione di tortura l'elemento della «reiterazione», in contrasto con la Convenzione dell'Onu.

maleficarum che trattava i casi e le pene da propinare come fosse un codice di diritto penale. Ma, dopo secoli di scoperte scientifiche, di riflessioni sui diritti dell'uomo, di indagini sulla psiche, si è arrivati alla conclusione che la tortura è un'ignobile pratica di asservimento del più debole. Una pratica che avvilisce chi la fa e chi la subisce. Per quanto colpevole sia chi si vuole umiliare e ferire, non facciamo che degradare noi stessi se pensiamo di servirci di un dolore fisico inflitto col ricatto per ottenere una verità. Ma quale verità?

La tortura, come scrive Beccaria, fra l'altro non serve a scoprire la verità in sé, ma solo quella che i torturatori vogliono che le loro vittime rivelino. Vedi le streghe sotto il torchio dell'Inquisizione: appese al chiurlo, con le braccia rotte, tese sulla ruota, private delle unghie tirate con le tenaglie, confessavano qualsiasi cosa. Ma, soprattutto, ripetevano quello che volevano sentirsi dire i loro torturatori, come per esempio di essersi accoppiate con il demonio, il quale si presentava ai loro occhi con tanto di corna e piedi caprini, di avere gettato il malocchio su animali e persone, di avere volato con le scope, di avere mangiato cuori di bambini, bolliti e arrostiti, sostituendoli poi con cuori di paglia.

Freud e, dopo di lui, Fanon hanno dimostrato quanto la tortura peschi nelle zone oscure dell'inconscio, quanto ci sia di sadismo, ovvero di sessualità deviata, nel rapporto fra aguzzino e prigioniero. La tortura segue un rituale alla fine convenzionale: il denudamento del corpo da torturare, l'infierire quasi sempre sui punti più sensibili e delicati, come i genitali, soprattutto quando la torturata è una donna, il piacere di assistere al dolore e alla paura che attanagliano il malcapitato. Se ciò era storicamente comprensibile quando il torturatore agiva in nome di un Dio intollerante, collerico e crudele, oggi, fatto in nome di uno Stato moderno, di un governo democratico, fa solo ridere (o meglio piangere per l'ignoranza che l'accompagna). Paradossalmente, chi in questo momento è deciso a portare la democrazia e il liberalismo, anche imponendoli con le armi, in Paesi considerati arretrati, sta assumendo le pratiche più arcaiche di codesti Paesi, come l'abolizione nelle scuole del concetto di evoluzione, l'inserimento massiccio della religione nell'insegnamento, l'uso personale delle armi, l'esaltazione della guerra e del razzismo e infine, come coronamento di tutto questo, la tortura. A quando, signori, il taglio delle mani per i ladri?

(da "Corriere della Sera", 30 aprile 2004)

La pietà di Antigone davanti a quei corpi

Le fotografie, come ci è stato spiegato dalla grande saggista Susan Sontag, morta in questi giorni, sono abitate da una grande ambiguità. Esse rivelano, ma anche nascondono, pretendono di dire il vero ma ci mostrano una realtà manipolata e prescelta. Additano, ostentano una minuscola parte del tutto facendoci credere che sia l'universo intero, presumono di farci sentire testimoni di un evento che per la verità ci è lontano e sconosciuto. Ma spesso furbescamente vogliono solo rassicurarci, come a dire che noi non siamo lì in quel fango, in quelle acque assassine, ma siamo salvi a casa, e che possiamo lavarci la coscienza con un piccolo contributo.

In questi giorni di tragedia, in cui assistiamo impotenti e amareggiati all'orrore di tutti quei corpi che il mare via via restituisce sulle spiagge dei Paesi colpiti dal terremoto, dobbiamo chiederci fino a che punto sia lecito concedere allo sguardo del pubblico la nudità cruda della morte.

Corpi gonfi, nudi o seminudi, in posizioni che mai avrebbero preso nella vita. Aperti, arresi, sgangherati e privi di dignità. Certo, non è colpa di nessuno se sono stati conciati a quel modo, certo è la furia del mare che li ha resi grotteschi, come dei pupazzi gettati in un canto senza interesse dopo una recita ben fatta. Sono corpi spogliati dalla violenza dell'acqua, sfigurati dal fango, feriti dai mille oggetti che hanno incontrato nel loro sballottamento fra acqua e terra. È vero. Ma sono comunque corpi di persone, donne e uomini che hanno avuto una loro integrità, una loro compostezza e che mai avrebbero voluto essere visti in posizioni prive di dignità.

Se Antigone fosse viva, sarebbe lì fra quei corpi a coprirli uno a uno, per poi seppellirli fraternamente. Ma la spregiudicatezza mediatica tende a spogliarci dello spirito caritatevole. Capisco il diritto di cronaca, capisco la libertà di raccontare gli avvenimenti per quello che sono, attraverso la pratica della fotografia. Ma a che serve questa insistenza su quello che è capace di fare la morte su dei poveri corpi sconciati?

Mi si dirà che sono corpi senza identità, irriconoscibili e quindi abbandonati a una inerme anonimità. La macchina fotografica non sta scrutando il volto di una persona con nome e cognome, ma sta ritraendo con oggettiva freddezza i fatti. E questo a me pare ancora peggio. Come: il privato di chi ha nome e cognome, e magari capacità di intervenire con una denuncia, lo si deve preservare, e il privato di chi è senza nome, alla portata di ogni occhio curioso, non va difeso? I morti non possono coprirsi, perciò dobbiamo farlo noi e sulle loro nudità non dovremmo soffermarci, anche se con sguardo inorridito. La pietà vuole che la palpebra cali pudica di fronte alle testimonianze dell'uomo ridotto a oggetto in balia di una natura scatenata. Quell'occhio che oggi pretende di guardare tutto, scrutare tutto, giudicare tutto, senza riguardo per la privatezza di un essere che è stato abitato dalla vita fino a pochi minuti, poche ore o pochi giorni prima. Un poco di pudore di fronte ai morti.

(da "Corriere della Sera", 31 dicembre 2004)

La vita quotidiana non può cedere alla cultura del sospetto

Come conciliare sicurezza e libertà? È una domanda che si pongono molti in questi giorni e la risposta non suona facile. C'è chi crede che le limitazioni alle libertà di tutti i giorni non siano cosa grave rispetto alla prospettiva di maggiore sicurezza. C'è chi invece pensa che di limitazione in limitazione si possa viziosamente arrivare a un regime che seriamente minacci quelle conquiste fondamentali che abbiamo faticosamente guadagnato nei secoli e che sono alla base della nostra civiltà. Naturalmente si tratta di capire cosa si intende per limitazioni delle libertà comuni. Se ci si ferma alle lunghe file negli aeroporti per i controlli del bagaglio, è una cosa fastidiosa ma si può accettare. Se invece si cominciano a censurare le idee, a cambiare le leggi, a mutare i rapporti istituzionali, a favorire un clima di sospetto e di «dàgli all'untore», certo c'è di che preoccuparsi. Ogni giorno c'è chi grida per imporre la «tolleranza zero». Cominciando naturalmente dai più deboli, da quei lavoratori stranieri che, pur disponendo di passaporto e permesso di soggiorno, dovrebbero essere indiscriminatamente rimpatriati. Per finire con gli stessi italiani, condannati quando non sono pronti ad adeguarsi alle norme poliziesche, o quando si mostrano critici di queste stesse norme. Tra le libertà più minacciate ci sono la solidarietà e l'accettazione del diverso. In genere non le si conta fra i diritti sociali, e invece sono certamente fra i più preziosi.

In un clima di allarme costantemente ribadito, di razzismo strisciante e di diffidenza religiosa e politica, il cittadino perde la libertà alla solidarietà, alla fiducia verso persone di nazionalità diversa, di religione diversa, di lingua diversa. Naturalmente non parlo di una solidarietà indiscriminata, poiché anzi sono per la distinzione, il giudizio e la severa punizione di chi abusa della fiducia, di chi usa l'odio di religione per giustificare atti disumani e ingiustificabili. La cultura del sospetto si sta insinuando malignamente fra le pieghe del nostro vivere quotidiano. Ma cedere alla diffidenza significa venire meno proprio a quelle pretese di civiltà per cui ci sentiamo di condannare come arcaica e obsoleta la brutale e cieca intolleranza dei terroristi, la loro volontà di opprimere, in nome di un Dio tirannico, i popoli che parlano o pregano diverso. Fare di ogni erba un fascio, vedere in ogni barbuto di pelle bruna un terrorista, è un favore che facciamo ai terroristi medesimi. È proprio ciò che essi vogliono: creare un fronte religioso lì dove si tratta solo di terrore e sete di potere per il potere.

Nessuna religione ha mai predicato l'assassinio degli innocenti. La prova che il terrorismo musulmano non persegue una guerra contro il cristianesimo sta nel fatto che la maggior parte delle stragi riguardano persone di religione musulmana, che siano soldati e guardie, innocenti scolari, donne che non stanno alle regole del velo, o persone che hanno il torto di pensarla in modo diverso. La guerra, l'abbiamo toccato con mano, non è servita a eliminare il terrorismo, che anzi ne è stato alimentato. Molto più utili si sono dimostrate le ricerche sul dove e sul come questi terroristi prendono i soldi, da chi comprano le armi, come alimentano le loro cellule, come raccolgono gli aspiranti «martiri». La voce di una donna irachena mi torna sempre nell'orecchio: «Vorrei vedere uno dei figli di Bin Laden con le bombe alla cintura». Come dire che anche i più settari poi al macello ci mandano i figli degli altri. Insomma il fanatismo combattuto col fanatismo diventa un fantasma orrido e incombente. Combattuto dalla razionalità e dall'intelligenza politica, rimarrà un fenomeno pericoloso, odioso quanto si vuole, ma eliminabile.

(da "Corriere della Sera", 2 agosto 2005)

Il consumo si fa etica?

«Crisi sempre più frequenti, collassi di grandi nazioni, improvvisi crolli di imprese di prima grandezza, scandali che non risparmiano i governi dei maggiori Paesi, una ripresa annunciata e smentita, l'intero quadro dell'economia mondiale sempre meno prevedibile o addirittura illeggibile dagli esperti» scrive Carla Ravaioli in un bel libro appena ristampato per gli Editori Riuniti che si intitola *Un mondo diverso è necessario*. Possibile che viviamo ancora affascinati dal mito del progresso? E cosa si intende per progresso se non la produttività pura? La parola magica è Pil. Tutto si misura su questa parola miracolosa che ha il potere di esaltare o declassare i Paesi. Ma cosa si produce e a che serve questo continuo macinare oggetti in Paesi dove «la quantità di merce ha raggiunto dimensioni tali che ulteriori aumenti non presentano più connotati positivi dal punto di vista del benessere della popolazione» come scrive Giorgio Fua in *Crescita economica*? Stiamo vivendo il mito di una economia che ha dimenticato la propria funzione di servizio. «Moltiplichiamo la produzione di oggetti destinati rapidamente a trasformarsi in rifiuti» scrive Luigi Sartorio in *Storia dell'abbondanza*, riducendo ogni essere umano in un «canale che collega un contenitore di risorse sempre più vuoto, a un contenitore di scorie sempre più pieno.» Il benessere è diventato crescita indiscriminata dei consumi. Il consumo è diventato sinonimo di benessere. E poiché il benessere è lo scopo nobile e dichiarato di ogni governo, ne consegue che il consumo si identifica con l'etica. Perfino un politologo tradizionalista come Edward Luttwak scrive: «Molti economisti danno implicitamente per scontato che le società esistano allo scopo di servire le esigenze della propria economia, anziché il contrario. Non attribuiscono alcuna importanza alla stabilità dell'occupazione, alla necessità di evitare che le disparità in termini di reddito e di benessere divengano sempre più gravi». L'essenza di quello che Luttwak chiama «turbocapitalismo» consisterebbe nel «trasferimento del potere dalle pubbliche autorità agli interessi economici privati e istituzionali [...] L'ambiente sociale è sempre più abbandonato alla terra di nessuno degli affari privati. Ciò rispecchia la caratteristica più sorprendente di questa nostra epoca: il progressivo deterioramento del primato della democrazia sull'economia».

Ma anche l'Onu e la Fao, istituzioni tutt'altro che fanatiche o di parte, insistono nel sostenere che l'aumento costante della produttività non riduce le disuguaglianze, al contrario le accresce. E la ricchezza del mondo, se fosse meno iniquamente distribuita, sarebbe sufficiente a garantire benessere all'umanità intera: il cibo giacente nei frigoriferi delle imprese occidentali, oppure distrutto deliberatamente o involontariamente (circa il 40 per cento di quello prodotto), basterebbe a sfamare tutti quei popoli che oggi muoiono di fame.

Quali le alternative? «Il coraggio di riproporre l'austerità» suggerisce audacemente Carla Ravaioli. In effetti ci vuole coraggio per proporre un cambio di marcia, l'abbandono di quel salvifico incitamento alle spese: comprate, comprate, a costo di contrarre debiti, fate circolare il denaro! In realtà si è visto che, in questo ossessivo mito di un mercato libero e selvaggio, il denaro non dà ricchezza, non dà lavoro, non dà benessere, ma finisce nelle mani di pochi contro molti, porta corruzione, criminalità e guerre. Bisognerebbe cominciare a diffondere l'idea che «esistono altre ricchezze che non si perdono quando sono distribuite ai più, anzi si accrescono nello scambio e nella diffusione: il sapere per esempio, la cultura, gli affetti, l'amicizia, il senso della comunità».

(da "Corriere della Sera", 30 agosto 2005)

Le leggi della famiglia?
Cercate nella società, non chiedete alla natura

Si parla tanto di famiglia naturale, ma nessuno sa veramente cosa sia. La famiglia naturale, presa alla lettera, potrebbe essere intesa come quella che abbiamo in comune con gli animali, in cui i padri si accoppiano con le figlie, i figli con la madre, i fratelli con le sorelle. La parola «natura» fa pensare a questo. Ma noi veniamo da una storia di millenni che ha condizionato e modificato i vari modi di intendere la famiglia. Cominciando dal tabù dell'incesto su cui, come dice Malinowski, è stata costruita la cultura.

Gli antropologi ci raccontano che la famiglia è prima di tutto un luogo sociale. E che si trasforma secondo le condizioni di lavoro, i pericoli da affrontare, la capacità di produrre cibo per tutti, le guerre in atto, le regole del mercato, ma anche secondo le cosmogonie, le mitologie, le interpretazioni dei sogni e del cielo. In tempi di crescita eccessiva della popolazione per esempio, la morale comune si permette delle libertà, come la omosessualità – esistente in natura da sempre – che in tempi di guerra, o di scarsità di nuove nascite, viene invece proibita severamente. La poligamia nasce lì dove la mortalità infantile è molto alta e le donne – più donne per un uomo – possono garantire la sopravvivenza del gruppo. Per non dire della verginità che diventa essenziale quando è la proprietà terriera a garantire la continuità di una famiglia e indifferente quando l'eredità per linea maschile viene abolita. In molte tribù africane la verginità non conta proprio niente: una donna vale in quanto ha saputo dimostrare di potere partorire figli sani. Il risultato? Nel mercato matrimoniale una donna giovane, già madre o vedova o divorziata, è molto più richiesta di una vergine.

Naturalmente il principio di causa ed effetto non funziona in modo così semplice, altrimenti sarebbe facile rimediare. La storia deve fare i conti con i grandi poteri, che tendono a congelare e istituzionalizzare le abitudini di un'epoca, come fossero valide per l'eternità. Le Chiese spesso fanno questo errore. Nate rivoluzionarie, diventano conservatrici, legate come sono a istituzioni gigantesche fondate su princìpi antichi e immodificabili. Incalzate dai cambiamenti, spesso ricorrono ad acrobazie ideologiche. Quanto ha dovuto rimangiarsi il cristianesimo rispetto alla Bibbia, nata in tempi difficilissimi, di mobilità continua, di persecuzione, di estrema mortalità infantile, di malattie che falcidiavano la popolazione, di fame atavica? Tempi in cui schiavitù e poligamia erano considerate «naturali».

Appellarsi alla naturalità della famiglia in astratto non ha molto senso. Certo, alla base c'è un fatto naturale: la riproduzione, ma come e quando vada gestita questa riproduzione è un fatto complesso e legato alle condizioni di vita del momento storico. L'antropologa americana Margaret Mead racconta in modo vivido come in certe tribù arcaiche le donne si dedichino alla pesca e alla caccia intanto che i loro uomini badano ai figli. Mentre altrove è l'uomo che va a caccia e la donna lo aspetta accudendo i piccoli. È chiaro insomma che non esistono regole assolute, valide per tutte le società, in tutti i tempi. Gli esseri umani, con la loro meravigliosa capacità di adattamento, hanno sempre seguito norme e modelli diversi, a volte vistosamente contraddittori.

Il papa Ratzinger ha aperto l'era dell'anti-relativismo e noi vorremmo ribadire che il relativismo è alla base della scienza moderna. Per fortuna non siamo dentro una teocrazia così imperante da costringerci a seguire princìpi irrigiditi e fuori tempo. Solo gli affetti, la lealtà e l'amicizia possono farci capire quali sono le nuove strade da sperimentare, fuori dalle rigide ideologie che ogni Chiesa, politica o religiosa, vuole attribuire al concetto di famiglia.

(da "Corriere della Sera", 27 settembre 2005)

La riforma della scuola e il ministro Moratti contromano in autostrada*

Alla domanda: «Non le sembra strano che tutti i settori dell'insegnamento, dalla scuola all'università, le si rivoltino contro?», ho sentito più volte il ministro Moratti rispondere che gli insegnanti sono cocciutamente conservatori, attaccati irrazionalmente ad antiche abitudini che non vogliono cambiare. Inoltre, a suo dire, docenti e discenti non conoscono bene la riforma e sono ostili per partito preso.

Mi chiedo come possa una donna intelligente e colta continuare a credere in questo ritornello. Possibile che tutti, studenti e insegnanti, dalle maestre delle scuole materne fino ai professori universitari, dai bidelli ai ricercatori più sofisticati siano ostili per partito preso? Possibile che non le venga un dubbio sul perché di una mobilitazione così ampia, che coinvolge tutti gli strati dell'insegnamento pubblico?

È quasi commovente la tenacia con cui il ministro affronta l'intera classe dei docenti e dei discenti del Paese con un piglio a dir poco donchisciottesco. Certamente non le manca il coraggio. La sua bella faccia di donna controllata, educata, che rivela grandi tradizioni familiari, non mostra un momento di perplessità, né di esitazione. I suoi ammirevoli occhi verdi guardano l'interlocutore con aria sorpresa. Si direbbe che sia appassionatamente e sinceramente sorpresa di

* Il Decreto Moratti che riforma la scuola italiana è del 19 febbraio 2004 (legge n. 59/04). Le polemiche continuano ancora a molti mesi dalla sua emanazione.

trovare tanta resistenza: come possono accanirsi contro una riforma che migliore non potrebbe essere? La vediamo spesso sugli schermi, sicura di sé ma non arrogante, olimpica nei suoi modi eleganti e determinati. Decisa, con pazienza, a spiegare le qualità straordinarie della sua riforma. Guardandola ammirata, mi è venuta in mente quella storiella che racconta di un automobilista che si trova a correre contromano sull'autostrada. L'uomo alla guida sente una voce alla radio che dice: «Attenzione c'è un irresponsabile che sta andando contromano!». E lui, scotendo la testa, borbotta: «Uno? Ma saranno cento che vengono contromano!».

Ecco, il ministro Moratti, nella sua serafica persuasione di verità, continua a pigiare il pedale dell'acceleratore, convinta che tutti gli altri stiano andando contromano, senza dubitare un solo momento che potrebbe essere lei ad avere sbagliato direzione.

Da tutte le parti arrivano segnalazioni di pericolo: l'università con questa riforma si allontana dalla ricerca, inoltre premia i grandi baroni e non aiuta il ricambio dei docenti; la scuola pubblica con questa riforma viene fortemente penalizzata rispetto alle scuole private (tanto per dirne una: le ultime assunzioni di insegnanti di religione, senza concorso, mentre mancano i soldi per pagare i precari che pure hanno fatto i concorsi e li hanno vinti, oppure le grandi promesse di favorire l'insegnamento dell'inglese proprio nel momento in cui le lezioni di inglese di fatto vengono dimezzate). Questo per citare solo alcune fra le tante critiche fatte alla riforma. Tutte bugie? Tutte pretese assurde, tutte giustificazioni senza senso? Inviterei la signora Moratti a considerare, affidandosi per una volta a un piccolissimo sentimento di umiltà, le ragioni degli altri, che non possono essere false e insignificanti solo perché non coincidono con le sue. Oppure dica chiaramente che vuole sfasciare la scuola pubblica per mettere tutto in mano alla Chiesa, come succedeva secoli fa, prima che il Paese scegliesse di diventare repubblicano e democratico.

(da "Corriere della Sera", 25 ottobre 2005)

I ragazzi di Locri contro il solito silenzio*

Orribile la notizia dell'assassinio di Fortugno. E le cose che vengono raccontate a proposito delle pesanti intimidazioni (minacce di morte, incendi alle auto, lettere ricattatorie), che amministratori pubblici hanno subìto e continuano a subire nella regione della Locride, tenuta in ostaggio dalla criminalità organizzata. Bellissima la reazione dei giovani calabresi di questi giorni. Restituisce speranza a chi vuole il bene del Paese. È anche una buona notizia il fatto che le manifestazioni non siano nate da partiti, sindacati, organizzazioni con sedi e strutture nazionali. Sono venute fuori spontaneamente e hanno dimostrato una risoluzione, una dignità, un coraggio che è importantissimo ora non disperdere, non lasciare cadere.

Ricordiamo che ci sono stati una ventina di delitti nella Locride dall'inizio dell'anno e nessuno si era mosso, non è stato trovato un solo responsabile, né l'opinione pubblica italiana aveva dato segni di vita. Soltanto con la morte di un politico importante come Fortugno, improvvisamente, è stato come se si fosse aperta una porta e si fosse visto l'orrore che contiene la casa della morte e del terrore. Gli assassini evidentemente non immaginavano di suscitare

* Francesco Fortugno, vicepresidente della Regione Calabria, è stato assassinato a Locri il 16 ottobre 2005.

un tale putiferio. Contavano sul solito silenzio, sulle solite connivenze. E hanno sbagliato. Mai dire mai sulle forze sincere e coraggiose che giacciono nel fondo di una società da tutti data per mummificata e arresa alla violenza.

Ma può durare? Non c'è il rischio che, dopo una stasi di attesa, anche in Calabria, come in Sicilia, la 'ndrangheta riprenda i suoi traffici infischiandosene dell'indignazione giovanile? Pochi parlano della giustizia, che essendo stata insultata, minacciata, abbandonata a se stessa, sembra avere perso la parola e il coraggio. Il fatto è che manca la fiducia nello Stato, dicono molti, ma che cos'è lo Stato se non il funzionamento rapido ed efficace delle istituzioni, soprattutto della giustizia, arma fondamentale per stanare e colpire la criminalità? Non si può puntare solo sulla polizia e sulle iniziative militari, per quanto sincere e determinate. È necessario ridare fiato a quella giustizia che aveva cominciato a funzionare in Sicilia contro la mafia e che è stata interrotta dalle morti violente di Falcone e Borsellino e la messa fuori gioco di Caselli. Ma per ridare fiato alla giustizia occorre una sincera volontà politica nazionale, che sia l'espressione istituzionale di questo straordinario clima di sensibilizzazione collettiva.

«Come possiamo denunciare un criminale se non abbiamo nessuna sicurezza che costui sarà processato rapidamente e condannato?» ha dichiarato una imprenditrice calabrese a RadioTre. «Come possiamo accusare i delinquenti che ci stanno sul collo, se sappiamo che la magistratura tirerà in lungo, mentre gli altri hanno pronta la pistola?» L'imprenditrice ha perfettamente ragione. Il governo Berlusconi ha fatto di tutto per screditare, denigrare la magistratura, accusando i giudici di essere di parte quando toccavano quella zona oscura che collega la criminalità con la politica. Il risultato è stata una profonda, desolata sfiducia della gente comune e nello stesso tempo un rannicchiarsi, un nascondersi della magistratura (salvo pochi eroi coraggiosi) fra le pieghe della legge. D'altronde, come si può pretendere che i giudici si facciano eroi e rischino la vita tutti i giorni per essere oltretutto disprezzati e insultati? Alle loro spalle sta un governo che ha dichiarato guerra alla indipendenza della magistratura, accusando di ingerenza politica ogni giudice che metta il naso nelle inquietanti collusioni fra malavita e affari pubblici. In nome del garantismo naturalmente, che però, guarda caso, garantisce soprattutto l'impunità di alcuni importanti personaggi della classe dirigente.

(da "Corriere della Sera", 8 novembre 2005)

Armi chimiche a Falluja

L'uso delle armi chimiche a Falluja è un fatto gravissimo e mi sembra che i nostri politici l'abbiano preso con troppa leggerezza. Ho sentito asserire in televisione che la guerra è guerra, che a Falluja si erano asserragliati centinaia di terroristi, che bisognava farli fuori! Questo mentre passavano le immagini di donne e bambini sciolti come gelati dentro i loro vestiti intatti. La soggezione al Grande Fratello americano in certi politici raggiunge punte di grottesco. E per favore non mi si tacci di antiamericanismo quando una buona metà e anche più degli abitanti degli Stati Uniti la pensa come me.

La questione comunque non è solo tattica ma di principio: si possono davvero giustificare tutti i mezzi per eliminare il nemico, per quanto terrorista? Ci sono voluti secoli ma alla fine siamo arrivati a stabilire regole che ormai sono considerate universali. In tempi di lance e di spade certo non c'era bisogno di norme molto rigide. In tempi di armi chimiche e atomiche invece le regole diventano assolutamente necessarie. Pena il caos e la distruzione del pianeta.

Anche se, perfino nel Seicento, come racconta Domenico Gallo «fu proibito l'uso del veleno e delle armi avvelenate in guerra». E nel 1868 «con il trattato di Pietroburgo, si volle mettere fuori legge l'uso dei proiettili esplosivi di peso inferiore a 400 grammi. E nel 1899, alla conferenza della pace dell'Aja, furono proibite le pallottole dum-dum».

In tempi più recenti, con il protocollo di Ginevra del 1925, è stato interdetto l'uso in guerra di gas asfissianti, tossici o simili. Un'altra convenzione (Ginevra 1949), alla quale hanno aderito anche gli Stati Uniti, ha nuovamente ribadito che la scelta dei mezzi e dei metodi di guerra non può essere affidata all'arbitrio. Infine, con la convenzione di Parigi del 13 gennaio 1993, si dispone lo smantellamento delle armi chimiche, creando un'organizzazione internazionale con poteri di monitoraggio e di verifica. Gli stessi princìpi vengono ribaditi con lo statuto della Corte penale internazionale, a seguito del Trattato di Roma del 17 luglio del 1998. In particolare l'articolo 8 «vieta in guerra di utilizzare gas asfissianti, tossici e interdisce metodi di combattimento con caratteristiche tali da cagionare lesioni superflue e sofferenze non necessarie o che colpiscono in modo indiscriminato cittadini civili e militari, in violazione del diritto internazionale dei conflitti armati». Quindi le regole ci sono e sono state sancite da quelle stesse forze che oggi vorrebbero ignorarle.

Non c'è bisogno di avere letto Beccaria per sapere che il disprezzo delle leggi stabilite dalla comunità porta alla disgregazione, alla corruzione e all'arbitrio. Le orrende fotografie dei torturati di Abu Ghraib sono il risultato evidente di un clima di soprusi e di menzogne che, cominciando dall'alto, hanno finito per contagiare una parte dei soldati semplici. E che dire dell'uso del fosforo bianco per «stanare i nemici», come hanno ammesso gli stessi militari americani? Per tirare fuori alcuni terroristi sono state ammazzate decine di civili che non c'entravano niente. Questo si chiama abuso, illegalità, arrogante uso del potere. Con tali metodi vorremmo convincere un Paese alla democrazia? Chiediamo al popolo degli Stati Uniti, che stimiamo e amiamo dai tempi di una guerra combattuta in nome di grandi valori e non basata sulle menzogne come questa, di farsi sentire con i propri amministratori che evidentemente hanno perso il senso della misura e della giustizia, pur di vincere per vincere.

(da "Corriere della Sera", 21 novembre 2005)

Il ministro Castelli così assurdo e inumano sul caso Sofri

Sono stata a Pisa a trovare Adriano Sofri. Che sta ancora male e non può ricevere visite. Ho potuto solo sentire la sua vicinanza, al di là di una parete e immaginare il suo strazio: quel respiro roco, soffiato di chi non ha più voce. Mi ha ricordato gli ultimi giorni di mia sorella Yuki, operata alla gola all'ospedale di Rieti. Fissare impotente l'aletta di una garza che si sollevava col respiro, su una gola profondamente ferita, è stata per me una delle esperienze più sconvolgenti.

Non è un caso che al capezzale di Sofri, ovvero nei corridoi dell'ospedale di Pisa, si incontri tanta gente che aspetta di vederlo. Sofri è un uomo amato. E credo che nel nostro Paese siano davvero poche le persone che hanno saputo suscitare stima ma anche affetto. La paura, la soggezione, l'ammirazione appartengono a molti, ma l'amore possono accenderlo in pochi. E Sofri è uno di questi, assieme al presidente Ciampi, a Veronesi, a Rita Borsellino, tanto per citarne alcuni. Persone che si sono fatte conoscere senza imporsi, che hanno portato avanti un loro pensiero, con coerenza e onestà intellettuale. Persone che hanno la capacità di tendersi verso gli altri, di posare uno sguardo critico ma anche pieno di comprensione verso i propri contemporanei. Sono individui non comuni che contraddicono quell'idea dell'italiano medio che purtroppo si fa conoscere ovunque: perso dietro le mode, incapace di coerenza, pronto sempre a scambiare la furbizia per intelligenza.

Di fronte a un uomo di questo genere trovo assurdo e inumano l'atteggiamento del ministro Castelli che prima parla di grazia e poi si rimangia il tutto constatando che il paziente non è morto e quindi non merita la grazia. Cosa vorrebbe essere la sua, una dimostrazione di coerenza? di severità? di intransigenza morale? Non sa, il ministro, che a chi lo ascolta, suona piuttosto come una cocciutaggine infantile e tignosa, qualcosa che ricorda una meschina volontà di umiliare e ferire?

Eppure voglio fare uno sforzo estremo e mettermi nei panni del ministro. Voglio pensare che Sofri sia colpevole e che abbia meritato il carcere. Ma la prigione non dovrebbe essere, per Costituzione, il luogo dove si cerca di trasformare le persone, educarle e aiutarle a farsi giudici di se stessi e del proprio passato? Come non vedere una somiglianza con quel povero nero a cui è stata rifiutata la grazia negli Stati Uniti proprio in questi giorni? Da una parte un uomo che si è fatto altro da sé, si è trasformato, ha combattuto per aiutare altri più ciechi di lui. Dall'altra parte un governante vendicativo e pusillanime che ribadisce le sue scelte, nega ogni mutamento, ogni intento educativo, ogni sofferenza, ogni comprensione, per farsi a freddo, boia e giustiziere.

È il passaggio del tempo che rende mostruosa la sentenza. Il tempo lenisce, cura, trasforma, rielabora, fa nascere erbe nuove in animi bui e abbandonati. Non si può negare il tempo che passa e modifica, senza cadere nel terribile peccato di superbia che ha perduto più di un carnefice. Carnefice in nome della legge, per giunta, carnefice in nome della giustizia. Ma come non ci convince quel carnefice americano, palesemente impaurito di perdere un consenso popolare costruito sulle lusinghe più viscerali, così non ci persuade questo carnefice italiano che non è capace di guardare ad un palmo di distanza dal suo naso. In un Paese dove chi ha ucciso una ragazza sparando per gioco da una finestra, viene chiamato a insegnare in una scuola; dove i mafiosi vengono eletti sindaci e assessori; dove i delitti di Stato rimangono impuniti; dove ogni giorno si scopre un nuovo scandalo di furti ad alto livello, questo infierire su un uomo che ha dimostrato equilibrio, saggezza e onestà, fa rivoltare lo stomaco.

(da "Corriere della Sera", 20 dicembre 2005)

L'Africa degli uomini di buona volontà e quella degli aiuti sbagliati

Strani giorni di festa, che echeggiano di evviva, di risate, di tappi di spumante che scoppiano e nello stesso tempo portano in sé i rimbombi di guerre fratricide, di gente che si fa esplodere in un impeto di odio verso se stessa e gli altri. L'impressione è che più aumentano le contraddizioni e meno si ha voglia di affrontarle. Nascondiamo la testa sotto la sabbia e fingiamo che le cose si possano risolvere da sole. Basta non pensarci.

Perché non ce ne andiamo dall'Iraq, per esempio? «Perché il Paese cadrebbe nel caos», è la risposta di chi la guerra l'ha voluta. Ma più caos di così, chi vogliamo prendere in giro! I nostri soldati se ne stanno asserragliati in un bunker a difendersi dagli attacchi nemici e, quando possono, sparano, l'abbiamo visto e sentito da registrazioni clandestine, e sparano anche con gusto. Altro che missione di pace!

Un pensiero va all'Africa e al nostro modo sbagliato di aiutarla. La prima e più importante cosa da fare sarebbe di cancellare i debiti che il continente ha contratto negli anni con i Paesi ricchi. E invece no, per quanto scontati, i debiti non vengono mai cancellati del tutto perché permettono di controllare in qualche modo quelle tristi zone del mondo e il loro carico di nuovi schiavi. Ci ostiniamo a mandare valanghe di soldi che vengono spesi dalle varie fazioni locali per comprare armi, per aumentare corruzione e violenza. Fortuna che ci sono le iniziative private: i medici (e gli italiani sono fra i primi) che vanno a operare gratuitamente, gli ingegneri che insegnano a costruire pozzi, ponti e fognature, i maestri che aprono scuolette per bambini analfabeti. I medici, gli ingegneri, i maestri però non hanno il potere di saldare i debiti, e fanno quello che possono, ovvero ciò che serve di più agli africani: dare strumenti per capire, per costruire e sfruttare le proprie risorse.

Un altro pensiero va alle prostitute, alle giovani donne, spesso minorenni, che in tutto il mondo vengono comprate e vendute, trasportate da un Paese all'altro, private dei passaporti, picchiate e minacciate, costrette a vendersi sulle strade delle grandi città europee. È talmente cambiata la prostituzione da quando noi del movimento delle donne ci battevamo per la sua legalizzazione! Ora non si tratta più di una scelta libera fatta da persone adulte, ma di vera e propria tratta delle schiave. Oggi un uomo che va con una prostituta si fa complice di questa tratta. Un altro pensiero va ai carcerati, di cui si parla in questi giorni di festa, con un minimo di pietà e un massimo di disinformazione. Mi è capitato di frequentarli anni fa, conducendo corsi di lettura e di scrittura, li frequento ancora per aiutarli a costruire biblioteche, leggere poesie, scriverle. Ho avuto modo di constatare che il carcere è il luogo dei poveri. Sempre più come in America, chi ha molti soldi riesce a sfangarla. Abbiamo conosciuto in questo anno difficile di cosa siano capaci i ricchi quando sono colpevoli e non vogliono pagare. Hanno avvocati, giornalisti, di televisione e di carta stampata, che conducono campagne furibonde per far credere alla gente che i veri colpevoli non sono coloro che sono stati accusati di colpe concrete, verificabili, bensì i giudici che li mettono sotto accusa e i giornalisti che danno la notizia. Un vero e proprio rovesciamento delle parti. Tutta la discussione si concentra sull'opportunità e sui tempi della denuncia (siamo vicini alle elezioni, quindi non può essere che una manovra elettorale) ecc. In questo modo i lettori e gli spettatori dimenticano quale sia l'accusa originaria e tutto si risolve in una infinita e bizantina diatriba mediatica. Un sistema che funziona benissimo e a cui abboccano spesso sia i giudici che l'opposizione. Auguro ai lettori e a me stessa un anno più giusto e più umano.

(da "Corriere della Sera", 3 gennaio 2006)

Bosnia, quei carnefici che assomigliano alle vedove delle vittime

Mi scrive Jasmina Tesanović, attivista per la pace del gruppo "Donne in nero" di Belgrado, e mi racconta del processo che si tiene in questi giorni nella capitale serba contro gli Scorpions, formazione paramilitare che ha fatto strage di prigionieri musulmani nei giorni di Srebrenica. «Nella loro vanità e delirio di onnipotenza hanno filmato le esecuzioni.» Il filmato è stato proiettato durante il processo Milosević, e da lì è passato su tutti gli schermi televisivi della Serbia. «Alcune famiglie hanno visto per la prima volta le facce di chi ha massacrato i loro cari. Hanno riconosciuto con orrore i figli dei loro vicini di casa.»

Di tutti gli accusati soltanto uno si dichiara colpevole: ha sparato ma obbediva agli ordini. Gli altri negano ogni cosa. «Si assomigliano: sono robusti, vestiti di nero, hanno i capelli tagliati corti e degli scorpioni tatuati sul collo.» L'ultimo degli accusati arriva in ritardo, appoggiandosi a stampelle rosse. Gli manca una gamba. Si dichiara vittima due volte: la prima di un regime che lo ha reso invalido e la seconda della giustizia di oggi che lo trasforma in capro espiatorio. Jasmina si scopre a provare pietà per lui. Ma subito si chiede se sia lecito avere pietà per un carnefice. «Sto seduta dietro le loro famiglie: hanno tutti l'aria aggressiva e spaventata nello stesso tempo. I cinque avvocati della difesa sono truci e bellicosi. I ragazzi si comportano come fossero eroi di guerra. I loro modelli sono Mladić e Karadzić, i leader serbo-bosniaci ancora liberi che compaiono nei libri di storia come figure storiche di tutto rispetto.» Il giovanotto che suscita pietà per la gamba persa si mostra arrogante nel proclamare la sua innocenza. Dice che in guerra non c'è morale. Soltanto azione.

«Questi ragazzi rivelano una energia e una volontà che assomigliano molto a quella delle "Donne in nero" che si battono per la pace», commenta desolata Jasmina. Ci può essere qualcosa di comune fra coloro che fanno la guerra e coloro che cercano di fermarla? In quei giovanotti Jasmina riconosce gli ex studenti di Belgrado, non dissimili dagli altri che correvano a scuola la mattina ridendo, che passavano i pomeriggi a chiacchierare e fumare appoggiati ai muretti del lungofiume. Oggi, al di là del banco d'accusa, praticano la solidarietà, mentono per sostenersi, mostrano amicizia e fedeltà alla causa. «Sono animati dagli stessi sentimenti del nostro gruppo di donne» osserva Jasmina «solo che loro tengono alle gerarchie, mentre noi discutiamo su tutto democraticamente.»

Loro inneggiano alla guerra e le donne alla pace, aggiungerei io, e non è cosa da poco conto. Ma quello che crea inquietudine in Jasmina come in tanti altri serbi è il rendersi conto che quei ragazzi appartengono alla stessa cultura, parlano la stessa lingua, mangiano le stesse pietanze, frequentano o hanno frequentato gli stessi quartieri. Cos'è successo che li ha improvvisamente resi diversi e nemici? «Ci vuole coraggio a filmare i propri massacri», osserva Jasmina. Che cosa significa? Che provano orgoglio per ciò che hanno fatto? Che sono fieri di avere ucciso inermi musulmani solo perché erano tali? Che pensano di lasciare una testimonianza di crudele e insensato fanatismo religioso?

Eppure non è stata la religione a spingerli, ma qualcos'altro che assomiglia più a una disperata e stupida ricerca di identità. E l'identità, per molti, troppi forse, oggi si costruisce sulla violenza e la sopraffazione. Possibile che non abbiano avuto un attimo di dubbio, di esitazione, di pietà? «Ora questi assassini se ne stanno seduti a pochi metri da me e non li riconosco o li riconosco troppo bene. Il silenzio dei morti è opprimente: sono passati dieci anni da quando il genocidio è stato compiuto e finora nessuno è stato condannato.»

(da "Corriere della Sera", 17 gennaio 2006)

Ecco perché il vento dell'Appennino abruzzese va meglio dell'uranio

Si torna a parlare del nucleare. E con un senso di attesa messianica, quasi fosse la soluzione di tutti i mali. Ma molte cose non vengono dette e sinceramente non capisco il perché. O forse lo capisco troppo bene.

Quanti sanno che l'uranio, su cui si basa il rifornimento di energia nucleare, ha una vita possibile di 36-40 anni? Il luogo comune vuole che ci si rivolga al nucleare perché il petrolio sta finendo. Ma se l'uranio ha la stessa prospettiva di vita, che senso ha spendere miliardi di miliardi per centrali che comunque non sarebbero pronte prima di dieci anni, a essere ottimisti? Questa è una delle ragioni, assieme alla difficilissima questione della sistemazione delle scorie, per cui molti Paesi stanno abbandonando il nucleare. Le centrali nucleari nel mondo sono 440, ma 100 sono a fine vita. Paesi come il Belgio, la Norvegia, la Germania, la Spagna, la Svezia, pur avendo bisogno di maggiore energia, hanno smesso di puntare sul nucleare, per sperimentare fonti alternative e con qualche buon successo.

Coloro che ritengono l'energia nucleare più efficace e risolutiva di ogni altra forse non sanno che quella prodotta dalle centrali di tutto il mondo non supera il 7 per cento del fabbisogno di energia totale (compresi tutti i settori) e il 16 per cento della produzione di elettricità. Il resto viene dal petrolio, dal carbone, dal gas. In quanto all'Italia, importiamo dall'estero solo il 14 per cento dell'energia da nucleare. E sulle delusioni da nucleare vorrei ricordare che negli anni Ottanta, Italia, Francia e Germania si erano unite per costruire il reattore «autofertilizzante» Superphénix al plutonio che è costato ai contribuenti italiani oltre 5000 miliardi dell'epoca e non ha mai funzionato. Il Superphénix è stato chiuso definitivamente nel 1997. Per lo smantellamento ci vorranno 25 anni e costerà al contribuente non meno di due miliardi di euro.

Ma, si dirà, quali sono le alternative? Prima di tutto una diversa cultura dell'uso dell'energia. Il che vuol dire risparmio. C'è uno spreco inaudito di energia nel nostro Paese. Vecchi impianti elettrici, vecchi elettrodomestici. Quanti sanno che un frigo congelatore degli anni Novanta consuma oltre 600 kilowattora l'anno, un buon frigorifero degli anni 2000 ne consuma 200? Costa di più ma si ripaga in quattro o cinque anni. E che una lampadina a incandescenza da 100 watt fa la stessa luce di una lampadina fluorescente compatta a basso consumo (solo 20 watt)? Non sono state fatte campagne appropriate e insistenti per insegnare un uso più razionale dell'energia.

Inoltre bisogna assolutamente investire in maniera massiccia sulle energie alternative che non sono affatto irrilevanti come si suole dire: per quanto riguarda l'idrico, l'eolico, il solare, la trasformazione dei rifiuti, siamo molto indietro rispetto ad altri Paesi europei. Tanti politici, anche di sinistra, parlano come se fossimo ai tempi di Mussolini, in termini di autarchia. Il nostro Paese compra persino i pomodori all'estero e non dovrebbe comprare l'energia! Non è possibile oggi, in una economia di mercato globale, essere del tutto autonomi. L'importante è mantenere diverse fonti di acquisto, cercare di sviluppare al massimo le proprie fonti alternative, tenendo conto che l'ideale sarebbe, come dice Giuseppe Onufrio di Greenpeace, «mettere insieme l'elettricità da solare, dall'eolico, dalle maree e dalle correnti marine, trasformando quella in eccesso in idrogeno. Questo infatti è il combustibile "perfetto", quando saranno risolti i problemi di stoccaggio e di distribuzione». Vorrei brevemente citare un paesino abruzzese, Collarmele, che vive largamente di energia eolica. È chiaro che si tratta di un paesino, ma ha puntato tutto sull'eolico e ha avuto successo. Perché non prendere esempio?

(da "Corriere della Sera", 31 gennaio 2006)

Parole inglesi e italiano: troppa sabbia nella conchiglia

Che dire di un Paese che si appiattisce linguisticamente, imita, fa il verso, si ammanta di un alone straniero che crede elegante perché suona esotico? Che dire di un Paese che sceglie per un suo ministero la parola *welfare*? Parola spesso storpiata nella scrittura e che molti non sanno nemmeno cosa significhi letteralmente.

Ho conosciuto un ragazzo che usava la parola *mouse* per indicare la manopola che accompagna la scrittura sullo schermo elettronico, senza sapere che vuol dire «topo». Così, molti usano parole di cui non conoscono il significato, con un misto di fascinazione, ardimento velleitario e complesso di inferiorità. Che vuol dire *leasing*? Che vuol dire *briefing*? E *backlash*? E *core business*? E *back order*? E *marketing*? E *vendor*? E *back screening* e cento altre parole che usiamo a proposito e a sproposito tutti i giorni, in una specie di lingua orecchiata e puerile che non comunica se non per approssimazione?

Il fatto è che le macchine parlano inglese e quindi, se vogliamo fare la figura di chi si intende di tecnologia, dobbiamo usare quel linguaggio cifrato, spesso incomprensibile e criptico che accompagna la vita degli apparecchi più all'avanguardia. Non si dirà «vendere e fatturare» ma *sell out* e *sell in*, non si dirà «l'incontro avverrà nella sala tal dei tali», ma la *location* si trova in eccetera. Una gran pena per chi ha a cuore la lingua italiana, una stonatura che stride nell'orecchio come una unghiata sul vetro. Per non parlare della «esse» plurale che in italiano non ha senso perché disponiamo dell'articolo determinativo a indicare il singolare e il plurale: non c'è bisogno di dire «i films», quando l'articolo rivela che sto parlando di più pellicole e non di una sola. Altrimenti direi «il film». E così per «i leaders», i «weekends», «le lobbies» e altre sciocchezze del genere.

Alla fine dobbiamo proprio dire che ci troviamo di fronte a una dimostrazione di servilismo linguistico. Come se non ci fidassimo della nostra lingua, e avessimo bisogno continuamente di prendere in prestito termini che all'orecchio dei più suonano estranei. Aveva ragione Manzoni: gli snob (preciso che la parola snob non viene dall'inglese come mi ha detto una studentessa giorni fa, ma dal latino *sine nobilitatis*) e gli arroganti esistono ancora, non si chiamano più Azzeccagarbugli ma si comportano come lui, cercando di intimidire chi non è addentro alle formule linguistiche.

Molti, quando faccio questo discorso, mi dicono che la lingua non è morta e quindi si trasforma, rinasce, cambia forma e colore secondo le epoche, le generazioni e le esperienze storiche. Giusto. La lingua è un organismo vivente e quindi va incontro a mutazioni continue, questo è certo. Non sono per un italiano che si trovi solo nei vocabolari. Ma un conto è fare propria una parola non italiana e un conto è correre dietro a ogni vocabolo straniero alla moda. Anche senza raggiungere il fanatismo dei francesi che pretendono di sostituire ogni vocabolo inglese con un corrispondente vocabolo francese, un poco più di attenzione e di cura per la nostra lingua non farebbe male a nessuno. In Europa credo che siamo i più indifferenti di fronte allo scempio linguistico. Perfino gli spagnoli, che pure usano molte parole inglesi, lo fanno a modo loro, spagnolizzando i termini, come hanno fatto con football che loro scrivono «futbol». L'italiano nei secoli si è arricchito di tante parole straniere: arabe, francesi, inglesi, perfino russe e portoghesi, ma l'ha fatto con fatica, disinnescando la forza disgregante dei termini stranieri, lavorandoli come fa la conchiglia col granello di sabbia, fino a farlo diventare una bella perla luminosa. Oggi la conchiglia è piena di sabbia e anziché perle produce detriti.

(da "Corriere della Sera", 14 febbraio 2006)

La pena di morte,
o il nuovo diritto di sparare ai ladri

Un commerciante scorge dalla finestra tre giovanotti entrati abusivamente nel suo giardino per rubare delle palme nane. Senza neanche un avvertimento afferra il fucile e spara, non per aria, ma ad altezza d'uomo, ammazzando uno di loro. Quando la polizia viene ad arrestarlo, lui sostiene candidamente che la nuova legge gli dà il diritto di far fuoco per difendere la sua proprietà.

Un fatto esemplare che sta lì a dimostrare l'insensatezza della nuova legge, fra le tante introdotte frettolosamente prima delle elezioni. Una legge imposta dall'alto, probabilmente su ricatto di una parte della coalizione governativa, ubbidendo alle ultime paure suscitate in Italia dall'aumento dei delitti contro la proprietà.

In questo modo, di frodo, istituiamo in Italia la pena di morte senza neanche dichiararlo. Senza una discussione pubblica, senza il consenso dei più. Ma non eravamo noi a criticare gli Stati Uniti per la facilità con cui usano le armi, per l'obbrobrio delle loro esecuzioni pubbliche contrarie a ogni idea civile di rieducazione del colpevole? Eppure anche negli Stati Uniti, perché un uomo venga condannato a morte deve per lo meno avere ucciso, rapinato, seviziato, e infierito sulle vittime. Non è così facile subire la pena capitale neanche in America, anche se si è neri e poveri (aggravanti storicamente riconosciute da tutti). Certamente, comunque, non è mai stata comminata la morte a un ladro di palme. È questo che vogliamo? Introdurre nella nostra civile legislazione il diritto di uccidere solo perché qualcuno tocca la proprietà privata? Oggi due piante, domani un accendino? E se gli avessero rubato l'automobile cosa avrebbe fatto, una carneficina?

Se loro usano il fucile lo uso anch'io, dice qualcuno, con l'arroganza di chi non crede nelle leggi, nei rappresentanti delle istituzioni, ma pensa a farsi giustizia da sé. La stessa cosa avviene in questi giorni con la violenza delle piazze musulmane. Siccome loro bruciano la bandiera, anche noi possiamo bruciare la loro. Siccome assaltano e saccheggiano le chiese, anche noi possiamo assaltare e saccheggiare i loro luoghi di culto. Ma questa è solo vendetta, la regola del dente per dente, la più antica delle procedure sociali, legata alle ferocie dei vecchi codici religiosi, validi prima, molto prima che si scoprissero i princìpi della rappresentanza politica, della democrazia. L'Europa ha fatto una lunga strada per arrivare dov'è. Per vincere le leggi della giungla, per istituire codici di comportamento, per sconfiggere l'anarchia e il dominio del più forte per censo, per ricchezza, per possesso di armi offensive, sul più debole. Tutto questo lo vogliamo buttare a mare? Vogliamo tornare indietro di due secoli, tre secoli?

Certamente la vendetta è un istinto atavico, ma non appartiene al mondo dei saggi. La saggezza, ovvero la capacità di giudicare e decidere secondo razionalità e non secondo passione, ovvero l'etica sociale che si fa parola e azione, vuole che di fronte alle provocazioni si studi il caso e si agisca di conseguenza, con giustizia, nell'interesse dei più. Il saggio deve prevedere le conseguenze delle sue azioni, non si butta nella mischia senza tenere conto di ciò che seguirà. Il saggio è colui a cui i più ignoranti, i più deboli, i più distratti, i più passionali, delegano la conduzione di una città, di uno Stato, perché venga ben governato, secondo gli interessi della collettività, sacrificando i propri interessi e le proprie vendette personali. La saggezza, ovvero il buon governo, vuole che i cittadini non si facciano giustizia da soli, perché appunto, come nel caso dell'uomo che spara sul ladro di palme, a una legge che liberalizzi il commercio delle armi non può che seguire l'arbitrio e la prepotenza del più forte sul più debole.

(da "Corriere della Sera", 28 febbraio 2006)

Stato e Chiesa separati. L'islam moderato e l'esempio tunisino

Si parla tanto di un islam moderato, democratico, che crede nei diritti dell'uomo e molti sembrano incapaci di trovarlo.

Mi è capitato di incontrare alcune donne tunisine in un convegno organizzato dall'associazione "Italia-Tunisia" e da Livia Turco l'otto di marzo. A sentirle raccontare, si tratta di un Paese laico, che sta combattendo felicemente l'invasione dell'integralismo religioso. «L'oscurantismo ha fallito la sua pretesa di prendere in ostaggio il nostro Paese. La reazione non è venuta solo dai governanti ma da tutti i tunisini che stanno difendendo coi denti il loro Statuto personale varato nel 1956.» Lo Statuto personale ha costituito una vera e propria rivoluzione rispetto ai codici tradizionali islamici. Questo non vuole dire che la Tunisia abbia smesso di essere religiosa, ma sta attuando faticosamente la divisione fra Stato e Chiesa.

Lo Statuto personale, accompagnato da un nuovo codice penale, ha eliminato la punizione per le adultere, ha reso fuorilegge la poligamia, ha dato diritto di voto e uguaglianza di salario alle donne, ha stabilito leggi più severe per le violenze in famiglia, ha introdotto il divorzio anche quando è richiesto dalla moglie oltre che dal marito, ha proibito il matrimonio per le ragazze sotto i 17 anni e per i ragazzi sotto i 20, ha stabilito che nelle coppie si può usare il regime di comproprietà. Oltre naturalmente a sancire il diritto di libertà di stampa, a ratificare senza riserve la convenzione delle Nazioni Unite del 1988 contro la tortura, a stabilire la libertà di culto per tutte le religioni, garantendo i diritti delle minoranze. Ha permesso ai lavoratori di costituirsi in sindacati non controllati dal governo. I cittadini inoltre possono ricorrere ai referendum per quanto riguarda il loro futuro.

I risultati? 11 per cento di donne in Parlamento (più che in Italia dove ci siamo fermati al 9 per cento); 20 per cento di personale femminile dei consigli municipali. La speranza di vita è aumentata da 67 a 73 anni con l'uso e la diffusione della medicina moderna. Le donne oggi sono fiere di costituire il 25 per cento dei magistrati, il 31 per cento degli avvocati, il 42 per cento del corpo medico, il 72 per cento dei farmacisti, il 34 per cento dei giornalisti. Sembrerebbe un Paese felice. Le cose sono certamente più complicate, ma non c'è dubbio che è uno dei pochi Paesi islamici che resiste con successo all'invasione del fanatismo religioso e noi dovremmo conoscerlo meglio e praticarlo più di quanto facciamo. «Spesso le leggi sono all'avanguardia rispetto alle tradizioni più arretrate» spiega Neziha Zarrouk «e io mi sono anche chiesta: si può cambiare la società con le leggi? La risposta è sì, se c'è la voglia di cambiare, se c'è fiducia nei propri governanti.»

Le donne sono fra le prime a volere fortemente l'applicazione dello Statuto personale, che dà loro tanti diritti negati alle loro nonne e bisnonne. L'incontro è stato organizzato proprio per cercare punti di contatto più concreti fra islam e cristianesimo, attraverso la grande rete delle organizzazioni femminili. Dialogo e conoscenza, sono le parole d'ordine, centralità della persona, rispetto della dignità femminile. Qui si è aperto un dibattito sull'uso più o meno forzato del velo. In certi casi si tratta di una tradizione repressiva, in certi altri no, è una scelta di «pudore». La parola è stata colta al volo da una donna italiana che si è chiesta se il concetto di pudore non sia stato completamente travisato nel nostro processo di emancipazione, scambiando la licenza per libertà, il commercio del corpo femminile per indipendenza. In questo senso forse potremmo imparare qualcosa dal sentimento del pudore, visto non in senso religioso e repressivo, ma laico e sacrale, come di qualcosa che noi occidentali, che ci pretendiamo emancipati, abbiamo completamente perso di vista.

(da "Corriere della Sera", 14 marzo 2006)

II

Animali: nostri simili?

Pellicce: così indossiamo la crudeltà verso gli animali domestici

«È veramente ingiusto che la moda proponga giubbotti e cappotti con colli e polsi di pelliccia. Forse lei sa che, soprattutto nei capi a basso prezzo, la maggior parte delle giunzioni sono di pelliccia di gatti e cani. Vorrei protestare contro questa strage di animali domestici» mi scrive Gabriella Salemi da Catania.

Mi sono informata. In effetti pare che questo commercio sia fiorente, ma pare anche che l'Italia si limiti a importare tali pellicce, già trattate e pronte all'uso. Mentre altri Paesi, specie asiatici, poveri, si sono specializzati nell'allevamento di animali domestici da pelliccia. La Lav parla del «peggior segreto dell'industria della pelliccia». I capi confezionati con pelle di cane possono essere etichettati come «Gae wolf» o come «Asian jackal» e quelli di gatto come «Wildcat», o «Goyangj e Katzenfelle». Non sembra che riescano a farne delle pellicce intere, ma sono molto usati per guarnizioni di colli, polsini, guanti, borse, giocattoli e altri accessori. Le tecniche di uccisione sono crudeli: o sgozzati o fatti fuori con scariche elettriche, per non sciupare il mantello. Questo risulterebbe da una ricerca fatta dalla Hsus, che è una associazione americana per la protezione degli animali. Ha ragione, Gabriella, ma le ricordo che oltre ai cani da guarnizione esistono anche cani da sperimentazione, di cui abbiamo saputo di recente attraverso la tv, in occasione di un furto di cagnolini beagle, chiusi a centinaia nelle gabbie, che venivano venduti come cavie. Erano allevamenti italiani, destinati a industrie cosmetiche e farmaceutiche per esperimenti dal vivo. I cani vengono spesso sottoposti da svegli alle più crudeli pratiche: trapianti di ossa e di organi, malattie inoculate per osservare le reazioni, medicine somministrate per capire i limiti della tolleranza eccetera. Protestiamo anche contro questi abusi.

(da "Io donna", 22 febbraio 2003)

I diritti dei cacciatori e dei tranquilli possessori di case in campagna

«Gentile signora Maraini, le scrivo per chiedere di rompere la cortina di silenzio dentro la quale ci sono verità mai espresse» mi chiede M.A.P. da Laveno, in provincia di Varese. «La caccia in questa epoca non è più uno sport, ma piuttosto uno sfogo di aggressività. Chi abita in campagna sa che i cacciatori si comportano come se le terre su cui passano fossero di loro proprietà: nessuno e niente deve ostacolarli. Il mio cucciolo, a trenta metri da casa, è stato impallinato perché dava noia. Un altro cane, a cui ero molto affezionato, mi è stato avvelenato perché infastidiva i loro cani, sul mio terreno. Se uno protesta, ti fanno vedere che hanno un'arma in mano. Sono minacciosi e prepotenti e nessuno li controlla. Può chiamarsi sport una pratica basata sulla prepotenza e sul sangue?»

In effetti, la sua situazione non è isolata (ma perché non si firma? Dia un esempio di coraggio, o tutti faranno come lei: si limiteranno a chiudere la porta di casa). Ma se uno vuole che le cose cambino deve anche esporsi un poco, non crede? Anch'io possego una piccola casa in campagna e, pur essendo contro la caccia, non posso impedire che i cacciatori entrino nel mio terreno, a volte scardinando i cancelli, per sparare a loro volontà. Questo è qualcosa che la legge, grottesca, consente nel momento in cui non vieta la caccia. E sa perché non la vieta? Perché pare che i cacciatori siano tanti e portino voti. Il fronte anticaccia aveva provato nel 1990 a opporsi, con un referendum fallito per mancanza di quorum.

Ma resta un fatto: anche i tranquilli proprietari di una modesta casa in campagna hanno dei diritti. La debolezza sta nella mancanza di una rappresentanza unitaria. Se disponessimo di organizzazioni solide come quelle che rendono forti i cacciatori, forse riusciremmo a fare votare leggi meno permissive nei riguardi di questi prepotenti e spregiudicati portatori di fucili.

(da "Io donna", 12 aprile 2003)

Non c'è parte del mondo in cui la caccia ha ragione di esistere ancora

«Sono un cacciatore e credo di essere una persona civile. La leggo e la stimo. Ma quando parla di caccia, lei fa di ogni erba un fascio. So che va spesso in Africa: non ha mai assistito alla disperazione di un villaggio impotente di fronte alla devastazione di un intero raccolto di mais da parte di un branco di centinaia di elefanti?» mi scrive Giorgio Bracciari da Precetto Torinese.

Sono stata in Africa, anche recentemente, ma non ho mai visto i contadini disperati per l'invasione degli elefanti, perché gli elefanti in Africa sono stati quasi del tutto annientati. Solo in alcune zone dell'Africa dell'Est, come il Kenya, ci sono parchi protetti, dove gli elefanti hanno diritto di vita, perché sono luoghi di turismo e i locali guadagnano molto di più portando i turisti a fotografare e filmare gli elefanti che non coltivando il mais. In quanto al nostro Paese, si stanno discutendo in Parlamento ben nove proposte di legge che vorrebbero liberalizzare ancora di più la caccia, permettendola tutto l'anno e perfino nei parchi. Le sembra giusto?

Gli animali selvatici una volta minacciavano l'uomo. Pensi ai lupi del Medioevo. Allora la caccia era una logica difesa dell'uomo contro gli animali selvatici che minacciavano i viandanti e le greggi. I lupi hanno resistito fino all'arrivo delle armi da fuoco. Dopodiché sono stati sterminati. Nel parco d'Abruzzo, il più antico parco italiano, si è dovuto fare una politica di ripopolamento dei lupi, andando a prenderli nei Paesi dell'Est. E se oggi un lupo ammazza una pecora, il pastore viene ripagato dall'amministrazione del parco. La caccia è residuo di un'antica guerra contro gli animali. Ma oggi, sapendo che ogni giorno scompaiono per l'inquinamento, la deforestazione, l'industrializzazione, più di cinquemila specie l'anno, la caccia è diventata anacronistica e andrebbe vietata.

(da "Io donna", 24 settembre 2003)

Cacciare animali protetti, rito insensato e persino rischioso...

Alcuni simpatici ragazzi veneti mi scrivono ogni tanto per tenermi al corrente di ciò che succede nella loro regione, dove prosperano migliaia di cacciatori incalliti che non vogliono saperne di limitazioni, di rispetto per le specie in estinzione o di leggi europee. Per la Regione Veneto, a quanto pare, nella prossima stagione si potranno cacciare alcune specie protette di uccelli, grazie a una legge regionale approvata lo scorso 29 luglio, la 13/2005. Questa nuova legge viola apertamente la Direttiva Uccelli (legge n. 409/79), che comprende gli accordi nazionali della Conferenza Stato-Regioni nonché i pareri scientifici dell'Infs (Istituto nazionale fauna selvatica). «Grazie a leggi del genere» dicono i ragazzi «l'Italia ha subìto tra il 1987 e il 2003 ben 6 condanne dalla Corte di Giustizia Ue del Lussemburgo, per violazione della direttiva Cee 409/79 sulla protezione degli uccelli selvatici, pagando penali milionarie sottratte al bilancio dello Stato, ossia alle tasche di noi cittadini.»

Non si capisce perché la Regione Veneto sia così insensibile alle questioni degli animali protetti. Stiamo parlando di una ricchezza che appartiene a tutti. La ricchezza del futuro. L'uomo non può pensare a un futuro di solitario dominatore in un mondo di animali in schiavitù, pronti per essere uccisi. Già vediamo in questi giorni che cosa sta producendo l'abitudine malsana delle grandi concentrazioni di pennuti. Le malattie esistenti in natura nel mondo animale vengono potenziate e moltiplicate quando questi si trovano in uno stato di forzata e affollata convivenza, da campo di concentramento. Lì dove, non potendo neanche muoversi, si ammalano di tubercolosi e per questo vengono imbottiti di antibiotici.

La caccia sta diventando sempre più anacronistica, man mano che gli animali diventano più fragili, in balia di un ambiente ostile e avvelenato, man mano che gli strumenti di morte si fanno più sofisticati e micidiali (pensate al fucile a ripetizione che non può sbagliare un colpo). A sentire i ragazzi della Lac, sono 32.415.650 gli animali abbattibili a norma del calendario venatorio del 2005-2006. E sono 31.809.750 gli uccelli protetti abbattibili grazie alla caccia in deroga. Il cacciatore veneto, insomma, «potrà impallinare quest'anno 35 capi di fauna stanziale, 500 uccelli migratori e 525 uccelli protetti. È come se venisse fissato il limite di 300 chilometri orari in autostrada». Ma non è finita: gli amici veneti si chiedono che cosa si stia facendo, in questo momento di grandi enunciazioni di pericolo, per evitare che i cacciatori si trasformino in involontari portatori di un virus che sta infestando i pennuti asiatici. In Veneto ci sono ben cinquantacinquemila cacciatori. Costoro verranno a contatto con migliaia di uccelli migratori, dato che la nuova legge per la caccia consente di sparare a 35 specie di uccelli migratori, 13 delle quali acquatiche o limicole, ossia appartenenti alle specie che più sono esposte al virus. I cacciatori si troveranno a contatto col sangue di questi uccelli, li trasporteranno nei carnieri, li depositeranno nelle cucine di casa, li affideranno alle mogli perché li spennino e li cucinino. «Eppure nulla è stato fatto a livello istituzionale per prevenire questi rischi.» Siamo di fronte a nuovi Signori della guerra? Di una guerra dichiarata contro gli animali, in nome di una vecchia arroganza basata sulla superiorità delle armi?

(da "Corriere della Sera", 11 ottobre 2005)

La deroga, grimaldello dei prepotenti

Questa semplice parola «deroga» è capace di mettere in pericolo la vita degli uccelli protetti da leggi europee,di suscitare allarme in tutti coloro che cercano di difendere i diritti degli animali e di dare libertà sfrenata di predazione ai cacciatori.

Esistono leggi precise, esistono norme internazionali che regolano la caccia, ma che importa? basta ricorrere alle deroghe e tutto si aggiusta, compreso il diritto di cacciare storni e fringuelli in tempi proibiti. Ma sappiamo che il nostro è il Paese della diffusa illegalità. Ogni scusa è buona per aggirare divieti, interdizioni, veti di ogni genere. Quanti sarebbero felici di potere ricorrere alle «deroghe» anche in Parlamento, al Senato, o in tribunale, o perfino in un condominio: c'è una legge decisa dal Codice o stabilita dalle norme di polizia, oppure votata all'unanimità dalla Comunità Europea, e i furbi di sempre si domandano, come aggirarla? Ma certo, usando il magico grimaldello che si chiama deroga.

Ma il Parlamento ha altri strumenti per fare largo ai prepotenti e ai corrotti. Qui sto parlando di caccia. Qui l'arroganza dei cacciatori diventa quotidiana pratica di soprusi e prevaricazioni. Ma chi ha stabilito questo diritto di deroga? Esiste veramente?

Purtroppo sì, e andrebbe abolito. Il fatto è che chi ha

stabilito le deroghe alle norme europee che tutelano gli uccelli migratori, si riferiva, ed è stato scritto, a motivi eccezionali – per esempio uccelli che possono procurare gravi danni all'agricoltura – da dichiarare e documentare, cosa che non è mai stata fatta da parte di chi oggi si aggrappa alle deroghe.

C'è perfino un programma regionale, sottoscritto da tutti i partiti del centrosinistra per abolire le deroghe, portato a furor di popolo dai legislatori. Una donna coraggiosa, la verde Cristina Morelli, ha fatto un lungo sciopero della fame per difendere i diritti dei migratori. Ma i cacciatori non hanno dimostrato nessuna duttilità. Per loro la liberà di caccia deve essere assoluta e senza regole.

Le deroghe purtroppo funzionano in molte regioni italiane, anche governate dal centrosinistra, e aprono la caccia allo storno e al fringuello nel momento dei loro spostamenti, che vengono protetti da leggi ad hoc, ma anche dalla sensibilità comune che chiede di non colpire un animale che già è in difficoltà, distruggendo famiglie, comunità, popoli di delicate creature alate.

Propongo alla Comunità Europea, che ha dimostrato di tenere a cuore le sorti delle specie in pericolo, di abolire una volta per tutte il diritto di deroga che ormai è diventato un diritto all'abuso e all'arroganza.

(da "Il Messaggero", 5 novembre 2005)

Il dolore degli animali e la misteriosa indifferenza degli esseri umani

Cos'è che ci rende così insensibili al dolore animale? Eppure ormai sappiamo, perché ce l'hanno detto tanti scienziati, che gli uomini hanno quasi tutto in comune con gli animali, cominciando dalla capacità di soffrire, di amare, di capire. Gli animali hanno memoria, gli animali conoscono l'affezione, la tenerezza, la protezione verso i più deboli, la solidarietà di specie, ma anche l'odio, il sentimento di vendetta, la frustrazione, la paura, l'aggressività, l'invidia, il coraggio e così via. Di tutto questo è composta un'anima nel senso antico della parola. Eppure continuiamo a comportarci come se fossero fatti di materia insensibile, come se la loro sopravvivenza dipendesse solo dalla loro utilità. Carne da macello, carne da tavola, carne da sperimentazione, carne da scambio. Carne e solo carne. Siamo capaci di tenerezze verso il gattino di casa che riempiamo di coccole, probabilmente viziandolo e rendendolo nevrotico. Ma quando si tratta di animali non domestici, di animali nel mondo, non riusciamo a vederli come esseri viventi che, come noi, hanno diritto a nascere e crescere su questo pianeta.

Animali da esperimento: ecco una delle violenze più nascoste e taciute. L'idea di fondo è che il sacrificio di topi, babbuini, cani, conigli, criceti, sia necessario al progresso della medicina. Nessuno si ferma a riflettere sulle sofferenze, insistite, vere e proprie torture che noi procuriamo ai piccoli animali da sperimentazione. Spesso assolutamente inutili, se non proprio dannosi, come dimostrano i casi del Lipobay e del Vioxx ritirati precipitosamente dal mercato. L'uso disinvolto della sperimentazione animale, come spiega Pietro Croce in un libro tutto dedicato alla vivisezione e come ribadiscono gli amici di Equivita, porta malattie e morte. Gli animali sono simili agli uomini ma sono anche diversi di fronte alle malattie, di fronte ai farmaci. Troppe volte si sono presi per buoni i risultati di esperimenti fatti sui ratti, falliti poi miseramente sull'uomo. Per esempio i 30.000 giapponesi accecati dal clioquinol nel 1978. O i bambini nati focomelici per l'uso del talidomide, testato sui criceti e considerato sicuro, tanto da consigliarlo alle gestanti negli anni Sessanta.

«Pochi leggono il "Bollettino di informazione sui farmaci" del ministero della Sanità» scrive Croce. «Il numero dell'8 agosto 1983 ci informa che dal 1972 al giugno 1983 è stata revocata la registrazione (cioè vietata la vendita) di 22.621 confezioni di specialità medicinali, che, per lo stesso fatto di essere messe in vendita, avevano superato l'esame imposto dalla legge, della sperimentazione sull'animale. Un altro comunicato informa che le cose stanno cambiando, in peggio: dal 1984 al dicembre del 1987 gli effetti collaterali (solo quelli segnalati) procurati dai farmaci, sono stati 14.836, con 112 morti. Quanti anni ci vogliono per accorgersi che un farmaco è dannoso e quanti morti?» Gli antivivisezionisti insistono che non si tratta di pietà verso la sofferenza animale, probabilmente per non essere accusati di facile sentimentalismo. Per me invece, e non mi vergogno a dirlo, la pietà è un elemento determinante: non credo che si possa ottenere niente di buono dalla tortura e dalla morte procurata, anche se si tratta di animali. La vista, in questi giorni, di milioni di poveri pennuti chiusi nei sacchi della spazzatura starnazzanti e sepolti vivi sotto terra mi sembra una cosa orribile, che fa disonore all'uomo. «Ma quali le alternative?» chiedono a gran voce coloro che hanno una fiducia cieca nella sperimentazione animale. Le alternative ci sono e stanno in una ricerca alternativa «genetica, fatta in colture *in vitro*, con metodi statistico-epidemiologici, simulazioni al computer». Stiamo tutti pagando questa lunga crudeltà verso gli animali che si vendicano, senza neanche saperlo, portando nuove e terribili malattie.

(da "Corriere della Sera", 6 dicembre 2005)

III

Violenza contro le donne

L'inganno americano su Silvia Baraldini

In questi giorni di festa ho avuto accanto a me, costante, l'immagine di Silvia Baraldini come me l'ha descritta Tullia Nava del Coordinamento nazionale S. B.: chiusa in una camera di ospedale la cui porta deve rimanere sempre aperta, perfino quando va al gabinetto. Una camera da cui non può telefonare (tranne una volta alla settimana alla madre), non può discorrere nemmeno coi suoi vicini di stanza ed è tenuta sotto sorveglianza da sei guardie che, pur comportandosi con discrezione, finiscono oggettivamente per disturbare gli altri malati suscitando malumori e irritazioni. In quella stanza di ospedale Silvia aspetta, notte e giorno, reclusa e sola, trattata come la più pericolosa delle terroriste, aspetta che la vengano a prendere per portarla in un sotterraneo dove verrà sottoposta a massicce dosi di chemioterapia, aspetta che i medici le facciano gli esami, aspetta che gli infermieri le portino il cibo, aspetta che a orari precisi le facciano i prelievi, aspetta che i giudici le diano il permesso, concesso solo nell'ottobre del 2000, di vedere la vecchia madre che non si può più alzare dal letto.

Il suo aspettare, che assomiglia certo a quello di molti altri, però è particolarmente crudele, perché Silvia ha già fatto anni di carcere dei più duri negli Stati Uniti, perché si è battuta per tornare in Italia e stare vicina a una madre che non le fanno nemmeno vedere. Crudele perché, chiaramente, le pignole intransigenze a cui è sottoposta non rispondono ai criteri di giustizia ma a stupide questioni di puntiglio burocratico. I giudici americani hanno permesso a Silvia di tornare in Italia, come chiedevano da anni i nostri politici che si sono succeduti al governo, ma a patto che restasse in prigione.

Evidentemente ritengono che se Silvia venisse mandata a casa perderebbe di credibilità la giustizia americana. Così come la nostra burocrazia ritiene che, se Silvia fosse mandata libera, si metterebbero in pericolo i rapporti con gli Stati Uniti. Il patto è stato firmato dalle due parti e quindi «va rispettato».

Sembra la cosa più logica. Ma non si dice che al momento degli accordi qualcosa di grave, e nota solo a una parte, è stata taciuta, ovvero la notizia del secondo tumore di Silvia.

Le autorità americane sapevano ma hanno taciuto. I loro medici avevano visto l'inizio di una metastasi al seno ma non lo avevano detto a nessuno, per potere patteggiare, evidentemente nel modo più rigido, il suo cambiamento di sede. Se fosse stato chiaro che Silvia aveva da affrontare un'altra operazione e tutte le cure devastanti che seguono, forse i termini della contrattazione sarebbero stati diversi. Tutti i carcerati, per la legge italiana, hanno diritto a essere curati. E in effetti lei è stata assistita e viene assistita, mi dicono, nel migliore dei modi dal punto di vista medico, ma in condizioni psicologiche talmente odiose da far pensare a una vera tortura. Nessun serial killer, nessun sequestratore e uccisore di bambine, nessun mafioso viene trattato con tale intransigente crudeltà. Ma perché tanto accanimento da parte degli Stati Uniti che nei riguardi della giovane Patricia Hearst, fotografata col mitra in mano in piena azione terroristica, sono stati indulgenti e generosi? La sola spiegazione è che alcuni casi giudiziari acquistano col tempo una forza simbolica inaspettata e travolgente, senza nemmeno che la persona implicata ne sia consapevole. Una complessa concentrazione di fatti innesca in un solo caso significati politici e psicologici che esulano dalle vicende realmente accadute. È successo che Silvia Baraldini sia diventata un simbolo del terrorismo senza che abbia ucciso, né messo bombe, né sequestrato o rapinato qualcuno o qualcosa.

Paradossalmente quindi è stata presa di mira, non tanto per avere fiancheggiato un gruppo terroristico americano negli anni Sessanta, quanto per il modo sereno e pacato con cui ha sempre rivendicato le sue idee di giustizia, per non avere voluto rivelare i nomi di coloro che facevano parte del detto gruppo, nomi che d'altronde le autorità conoscevano benissimo e, infine, per non essersi pentita di avere aiutato una donna nera a fuggire dal carcere.

Per tutto questo oggi viene perseguitata al di là di ogni logica e di ogni buonsenso. E lo Stato italiano si fa complice di questa volontà di esemplarizzazione esibita e ipocritamente teatrale.

Che bisogno c'era di firmare un patto così iniquo? Non si poteva negoziare un poco di più? Certo, ad avere saputo che Silvia covava un altro tumore, che doveva essere operata ancora una volta e subire pesanti cure anti-tumorali, forse gli avvocati sarebbero stati più solerti. Ma i severissimi giudici americani, quelli che hanno trovato tutte le giustificazioni quando un loro militare ha tagliato per sbaglio i cavi di una teleferica uccidendo venti persone, quelli che assolvono le fabbriche di munizioni che mandano in Bosnia proiettili all'uranio impoverito, quelli che hanno dichiarato innocente Simpson perché aveva un avvocato di grido, sembrano felici di accanirsi contro questa inerme donna italiana che non ha niente da perdere e non ha milioni da sbandierare. Rispetto molto la scienza americana, ammiro le università americane, che d'altronde frequento in continuazione, ma non capisco e fatico ad accettare queste crudeltà gratuite, che nascono da un partito preso assolutamente irrazionale. Credo che la giustizia sia uno dei punti deboli, assieme al sistema sanitario, della grande democrazia americana e non c'è niente di male a dirlo, senza per questo rompere i rapporti con un Paese che si è guadagnato il rispetto della storia per aver liberato l'Europa dal nazismo.

D'altronde per capire la debolezza della giustizia americana basta andare a vedere un film di successo che si chiama *Dancing in the dark*. E si capisce perfettamente il meccanismo; se hai ammazzato anche in modo odioso, te la puoi cavare trovando duemila dollari da dare a un buon avvocato.

Se non li trovi, verrai impiccato, oppure bruciato vivo su una sedia elettrica, oppure messo dolcemente a morte con una iniezione letale. Non a caso i famosi bracci della morte sono abitati soprattutto da neri e da portoricani senza soldi.

Trovo che il governo italiano dovrebbe essere meno servile, magari rinegoziando il caso, visto che le carte nel frattempo sul tavolo sono cambiate, in nome non della pietà ma della giustizia. Non è giusta una giustizia che si mostra crudele e dispotica, che si accanisce contro una persona inerme e gravemente malata.

(da "Corriere della Sera", 22 gennaio 2001)

Storia di Ola, ecco perché abrogare la legge sulle rogatorie*

La Polaria (polizia aeroportuale) di Linate ferma nel luglio del 1998 una polacca di ventun anni che si fa chiamare Ola. La ragazza nasconde nel doppiofondo della borsa due chili di eroina turca. Sei mesi dopo il pm Giovanna Ichino riceve una informazione dal servizio centrale antidroga in cui si parla di un nigeriano che recluterebbe giovanissime prostitute per usarle come «spedizioniere della droga». Di quel trafficante la polizia ha il numero del cellulare, che corrisponde esattamente a quello trovato nella tasca di Ola.

La ragazza viene interrogata ma è spaventatissima e non vuole aprire bocca. Solo dopo molte insistenze e rassicurazioni, la vicequestore Maria Grazia Santini riesce a convincerla a parlare. Il racconto, che viene poi confermato da un'amica polacca che ha vissuto la stessa odissea, è macchinoso, ma piano piano diventa sempre più credibile. Le due ragazze testimoniano che: 1) sono state reclutate in Polonia con decine di altre giovani, anche minorenni, da intermediari polacchi, con la promessa di una occupazione in Germania; 2) dopo pochi giorni di lavoro in una discoteca di Hannover, sono state licenziate e ri-

* La legge 367/01, detta "legge sulle rogatorie", è stata approvata il 5 ottobre 2001.

mandate a casa con l'assicurazione che sarebbero state richiamate al più presto.

E in effetti vengono riconvocate dopo poco ma, quando arrivano ad Hannover per la seconda volta, si trovano prigioniere di tre nigeriani che pretendono di farle prostituire... Le ragazze rifiutano ma, essendo clandestine, non possono denunciare nessuno. Approfittando della loro posizione di debolezza i tre nigeriani propongono un patto criminale: per tornare «libere» le ragazze dovranno scortare a Istanbul un gruppo di minorenni polacche destinate a un bordello turco. Una volta consegnate ai turchi le prostitute bambine, riceveranno in cambio un carico di eroina da trasportare in Italia. I nigeriani in pratica scambiano alla pari le baby-prostitute contro droga turca da spacciare nel nostro Paese. Le rivelazioni delle ragazze vengono tutte confermate da intercettazioni, pedinamenti e riscontri documentali ottenuti dai magistrati italiani con una lunga serie di rogatorie in Germania e in Turchia.

In primo grado, pochi mesi fa, ovvero prima della nuova legge sulle rogatorie, il processo si è chiuso con cinque condanne: pene molto lievi per le due ragazze usate come staffette della droga (già libere) e condanne molto severe per i tre boss nigeriani. Il pubblico ministero Giovanna Ichino spiega desolata il risultato della nuova legge parlamentare: «In questa inchiesta, purtroppo, tutte ma proprio tutte le prove sono state raccolte all'estero. Privata delle rogatorie, a me restano solo i racconti delle ragazze, senza più uno straccio di riscontro. In appello la difesa avrà gioco facile a farle dichiarare inutilizzabili per mancanza del timbro e della trasmissione per via ministeriale. Dovrò tentare di ripetere tutte le rogatorie, ma nella migliore delle ipotesi Germania e Turchia mi risponderanno dopo la scadenza dei termini massimi di carcerazione, ovvero quando i nigeriani saranno già scappati. La nuova legge purtroppo rende inutilizzabili anche le rogatorie appena arrivate dalla Turchia e mi costringe a ricominciare da zero l'inchiesta più delicata: dove sono finite le altre minorenni polacche? In che bordello turco sono prigioniere?».

In queste condizioni è chiaro che diventa sempre più difficile chiedere alle prostitute straniere e alle piccole vittime del crimine internazionale di avere fiducia nella giustizia italiana. Come si può pretendere che le tante ragazze dell'Est costrette a prostituirsi o i tanti bambini che i pedofili vendono in giro per il mondo denuncino i loro sfruttatori se poi con tutta probabilità questi non saranno mai condannati e, seppure giudicati, troveranno il modo di scamparla per piccoli vizi burocratici?

(da "Corriere della Sera", 19 ottobre 2001)

Non è vero che le donne italiane hanno taciuto sul regime del burqa

In questi giorni assistiamo ad un curioso fenomeno: degli ottimi opinionisti, attentissimi a tutto ciò che succede nel giornalismo del Paese, lettori accaniti di quotidiani grandi e piccoli, cadono dal pero, sbalorditi chiedendosi: ma come mai non ci siamo mai occupati veramente a fondo delle donne afghane? Come mai non abbiamo denunciato l'orrendo regime che le costringeva dietro un muro di stoffa, costrette al silenzio e all'inazione, impedite non solo di muoversi nelle loro città e nelle loro campagne, ma perfino di affacciarsi sulla soglia di casa, di andare a scuola, di leggere qualcosa che non fosse il Corano? Giornalisti e scrittori si guardano intorno increduli e la prima cosa che fanno è cercare responsabili. Chi sarà il colpevole di tanta incuria? di tanto silenzio?

Ma certo: le donne che scrivono sui giornali, le donne delle istituzioni, le famigerate femministe, così pronte a protestare contro la guerra, così attente ai fatti di casa propria, ma assolutamente inerti di fronte alle ingiustizie che si compiono sui corpi delle donne afghane. Qualcuno arriva addirittura a insinuare che le opinioniste abbiano taciuto per partito preso ideologico: siccome mi batto per uno Stato palestinese, sto automaticamente dalla parte degli islamici, e quindi evito di discutere i loro costumi arcaici e tribali per potere sventolare la bandiera del terzomondismo, di sinistra. Che tristezza! Il fatto è che tutti questi luoghi comuni sono basati su una menzogna di fondo: il silenzio delle donne. Assolutamente falso. Assolutamente pretestuoso. Assolutamente inventato. Possiamo, con dati alla mano, dimostrare che le donne italiane, sia cattoliche che laiche, sia giornaliste che politiche, sia nelle istituzioni che privatamente, non hanno fatto che protestare contro la condizione disumana in cui sono state costrette le donne afghane sotto il regime dei talebani. E ancora oggi si nutrono molti dubbi sui nuovi vincitori e sulle loro tecniche di controllo nei riguardi del corpo delle donne, sia che passi attraverso il burqa che attraverso il chador.

In realtà il silenzio sta dentro le orecchie di chi non vuole ascoltare. Il silenzio sta anche nelle redazioni dei giornali che regolarmente hanno sottovalutato o rifiutato le proteste, numerosissime, presentate in forma di articolo, di appello, di denuncia o di racconto.

Ma, per non stare nel vago, voglio ricordare almeno alcune delle numerose attività delle donne italiane che hanno denunciato la condizione tragica delle donne in Afghanistan. Nel 1996, e precisamente nel mese di ottobre, il gruppo "Controparola" di cui fanno parte una ventina di scrittrici e giornaliste dei maggiori quotidiani del nostro Paese, indice una conferenza stampa in cui si presentano indossando il burqa e denunciano quello che sta succedendo alle donne afghane, che sono state «condannate dal regime dei talebani all'emarginazione, all'ignoranza, all'oppressione, alla negazione del corpo e del pensiero, diritti primari di ogni essere umano. Noi donne di "Controparola"» continuava il manifesto mandato quello stesso giorno a tutti i giornali «ci sentiamo personalmente offese e ferite. Non è possibile continuare a tacere, pena la complicità [...] Noi di "Controparola" chiediamo con la massima fermezza al nostro governo di non riconoscere in nessun caso il regime dei talebani [...] Il silenzio dell'Occidente uccide le donne del mondo islamico. La violenza che si esercita su di loro è anche violenza che si esercita su di noi». Ripeto: siamo nel 1996.

Il giorno dopo in molti giornali è apparsa la foto delle giornaliste col burqa. Ma certo non era in prima pagina e non aveva quella visibilità che magari nella pagina accanto faceva esplodere l'immagine di una famosa pornostar. Ma di questa continua soppressione di notizie che riguardano le donne, soprattutto quando si tratta di diritti civili, non possiamo essere ritenute responsabili.

Fra il 1997 e il 1998 si sono moltiplicate le denunce e gli appelli all'Onu, ai governi europei, al Tribunale dell'Aja. Presto si è creata una rete su Internet che trasferiva velocemente le notizie sulle nuove iniziative internazionali da un Paese all'altro. Personalmente ho ricevuto decine di denunce e di appelli con centinaia di firme, da rispedire dopo aver firmato, moltiplicando così l'effetto della protesta. Molte di queste denunce partivano dagli Stati Uniti.

Voglio rammentare Luisa Morgantini e le sue numerose "Donne in nero" che fin dall'inizio sono state presenti in Pakistan, portando aiuti e assistenza alle donne afghane che si trovavano nei campi profughi. E naturalmente l'Aidos, "Associazione italiana donne per lo sviluppo", che ha costituito una rete di scuole alternative per le bambine cacciate dalle scuole pubbliche talebane. Senza tralasciare la Commissione pari opportunità della Presidenza del Consiglio che, nella persona di Anna Maria Finocchiaro, ha invitato due anni fa emigrate afghane, curde e africane a un seminario sul tema *Donne e fondamentalismo*, oltre a firmare molte ricerche e molte proteste all'Onu. Da ricordare anche Emma Bonino col suo "Un fiore per le donne di Kabul" ma di lei per fortuna hanno già parlato in molti.

Queste sono solo alcune delle iniziative, le più grosse ed evidenti. Ma posso garantire che non c'è mai stato silenzio su questo tema, anche quando i giornali si disinteressavano completamente del problema e rifiutavano sistematicamente gli articoli che le giornaliste proponevano sull'argomento. Il tam tam è stato intensissimo e ha tenuto informate le donne di tutto il mondo. Ora è ridicolo e assurdo dire che c'è stato silenzio. Semmai diciamo che non si è voluto ascoltare. Ma sono sicura che anche questa protesta entrerà da un orecchio per uscire dall'altro, nella concitazione di un tempo di guerra in cui gli amici più stimati si stanno trasformando in accigliati pubblici accusatori.

(da "Corriere della Sera", 20 novembre 2001)

Storia di Safiya: verrà lapidata perché hanno abusato di lei

Safiya Husaini Tungar Tudu, della gente Fulani, nigeriana, è la quinta di dodici figli di un contadino che a tempo perso fa anche il guaritore. A 12 anni la bambina Safiya viene sposata a un ragazzo amico di un villaggio vicino, Yusuf Ibrahim. I due sembra che si conoscessero dalla prima infanzia e si amassero. Insieme fanno quattro figli, tre bambine e un bambino. Ma il matrimonio non dura.

La ragazza, come raccontano i giornali francesi che sono andati a trovarla, dice che filava di buon accordo con il marito, ma le rispettive famiglie litigavano in continuazione. Tanto che, dopo sette anni di convivenza, i due sono costretti a separarsi.

Poco dopo si presenta un altro pretendente, a cui la famiglia Husaini Tungar consegna la ragazza di 19 anni. Ma il marito, dopo pochi mesi, se ne va lasciandola sola, senza soldi, con quattro figli da mantenere. Per due anni Safiya torna con i suoi bambini, a vivere in famiglia. Dove, a suo dire, le facevano continuamente pesare le tante bocche da sfamare. E così, quando arriva un altro possibile marito, i suoi la spingono velocemente ad accasarsi. Safiya si marita per la terza volta, ma anche questo matrimonio dura poco. Evidentemente non è facile per un uomo, anche se di buona volontà e innamorato, mantenere dignitosamente quattro bambini che stanno crescendo a vista d'occhio.

L'uomo finisce per andare via lasciandola ancora una volta sola con i figli da mantenere. A quell'epoca, come racconta la giovane donna, un amico del padre, un certo Yacubu Abubaker, di sessant'anni, prende a insidiarla. Lei lo tiene a bada, ma una mattina che si trova sola con lui, l'uomo, con la minaccia di un coltello, la violenta. In seguito alla violenza nascerà un figlio, Adama, che l'uomo riconoscerà come suo. Ma proprio dopo il parto, nel febbraio del 2001, Safiya viene arrestata per adulterio.

E la cosa avviene nel modo più grottesco: la giovane donna si presenta al posto di polizia per chiedere che l'uomo che l'ha violentata e da cui ha avuto un figlio sia costretto a darle dei soldi per mantenere il bambino. Lei non ha niente e, dovendo badare agli altri quattro figli, non può lavorare. A questo punto la polizia si accorge che la sua posizione è illegale e l'arresta. Secondo la *sharia* infatti una donna sposata, anche se poi divorziata, commette adulterio se si accoppia con un altro uomo ed è condannata alla lapidazione. Il figlio in questo caso è una prova a carico della donna. «Non capisco» dice Safiya. «Devo morire per essere stata violentata e l'uomo che l'ha fatto è libero.»

Dopo la condanna, che viene subito conosciuta in tutto il mondo per merito di alcuni coraggiosi giornalisti francesi, il primo marito si rifà vivo e le propone di tornare a vivere con lei. «È un uomo buono» commenta Safiya «sarei felice di tornare nella sua casa.»

Ma la legge islamica la punisce con la lapidazione: il rito consiste nello scavo di una buca nel terreno appena fuori il villaggio. Lì dentro viene piantata la donna come fosse un albero, in piedi, ma in modo che sporga dalle spalle in su, le braccia rimanendo sepolte anche loro come l'emblema dell'impossibilità a proteggersi e a muoversi. A questo punto i suoi compaesani sono chiamati a raccogliere da una montagna di pietre quelle più grosse e spigolose per lanciarle contro di lei. Dovranno colpirla finché morirà, prendendola possibilmente sulla fronte e sulle tempie. Sarà una gara di destrezza e di forza. Si tratta di una pratica spietata e orribile. Che fa balzare prepotentemente ai nostri occhi la amara condizione di tante donne che vivono fuori dalle zone più ricche e avanzate.

Troppo spesso ci siamo crogiolati nel pensiero che in questo inizio di millennio avevamo raggiunto la parità, che le donne erano diventate «uguali» per diritti e posizione agli uomini e che ormai il problema era risolto. Ma chi si guarda intorno, chi ha avuto modo di viaggiare, sa che l'Europa è un piccolo giardino fortunato rispetto ai tanti Paesi in cui le donne ancora sono trattate come schiave, considerate spesso incapaci di intendere e di volere, scambiate e messe all'asta come carne da macello, assoggettate e tenute segregate nelle case come serve a vita, senza diritti e senza dignità.

Nessuno parla dei due milioni di bambine che vengono escisse ogni anno nel mondo, soprattutto in Africa. Per alcune si tratta del taglio della clitoride, per altre di tutti i genitali esterni, grandi e piccole labbra asportate con un coltello, da una anziana del villaggio, senza anestesia. Dopo l'operazione ogni accoppiamento risulterà per la donna un dolore intollerabile, e la nascita di un figlio una vera tortura.

Forse l'orribile evento delle due torri di New York, che ha portato tanti lutti e tanto dolore, che ha sconvolto il nostro modo di pensare e di guardare Paesi e culture diverse, in mezzo a tanto orrore ha prodotto una sola buona cosa: ha spezzato le sicurezze di chi si sentiva al centro del mondo e ha acuito lo sguardo verso altre culture e altre condizioni di vita, cominciando da quelle delle donne orientali, finora assolutamente invisibili alla pubblica opinione occidentale.

Sono anni che i movimenti delle donne vanno denunciando ciò che i Paesi poveri, tenuti sotto il dominio di un regime militare o religioso, fanno alle donne. Ma nessuno sembrava volere ascoltare. Solo ora, nell'impeto di una guerra che pretende di chiamarsi di liberazione dal terrorismo, si scopre l'indignazione per il grado di sottomissione e di infelicità in cui sono costrette le donne in molte parti del mondo. Non si tratta soltanto dell'Afghanistan, infatti, ma di quasi tutta l'Africa, un continente intero; di buona parte dei Paesi dell'Est, usciti mortificati e spogliati dallo stalinismo; di intere zone depresse dell'America Latina, di una parte della Cina, del Pakistan, della Corea, della Thailandia e di altri Paesi.

Ovunque il potere politico e militare si instaura, stabilisce per prima cosa regole severe per il controllo della vita e della morte dei suoi sudditi. Per decidere le nascite dovrà sorvegliare il ventre delle donne, creando regole e leggi punitive. Per appropriarsi del diritto di dare la morte, bisognerà tenere in pugno l'esercito e la polizia. Senza tenere in pugno questi due importanti gangli sociali, nessun potente si sentirà mai del tutto sicuro.

In questi giorni ho firmato decine di appelli per Safiya. Il grande parlare che si è fatto sui giornali di tutto il mondo ha fermato la crudele legge della lapidazione. Ma non per sempre. L'ha solo posticipata. A questo punto chiediamo che non ci si nasconda dietro il rispetto delle diverse culture e si chieda apertamente la fine di certe pratiche antiche, nel semplice nome della sacralità del corpo umano, della sua integrità e della sua libertà di esistere.

(da "Corriere della Sera", 11 dicembre 2001)

Safiya è salva. Le altre donne no

Safiya assolta: è la vittoria di tutti coloro che si sono battuti per lei di qua e di là dall'Oceano. La rete Internet ha contribuito largamente, con le sue mille voci che si sono slanciate compassionevoli e indignate, alla formulazione di questa sentenza.

È stato un vero e proprio tam tam internazionale che, con le sue insistenti lettere elettroniche indirizzate alle ambasciate nigeriane, al governo del Paese, al ministro degli Esteri, ha dato, come si vede, i suoi frutti.

Se c'è una lezione da apprendere da questa sentenza di cui ancora si sa poco, ma che sembra sia dovuta al riconoscimento della paternità legale del primo marito della donna è che le battaglie comuni, condotte dal basso e mantenute vive con tutti i mezzi, servono. Anche se non eliminano le ingiustizie, possono correggerle là dove le leggi diventano apertamente persecutorie.

Ma perché questa recrudescenza d'intolleranza religiosa anche in Paesi che si dichiarano democratici? Perché le leggi che regolano il comportamento si propongono tanta intransigenza là dove fino a qualche decennio fa vigevano abitudini di buona convivenza?

Di solito la crudeltà è segno di debolezza e di paura. Cosa hanno da temere i signori delle guerre religiose, tanto da volere fermare il mondo e il tempo, anzi tanto da volerlo fare tornare indietro di secoli?

Qualcuno sostiene che questa recrudescenza di fondamentalismi sia da interpretare come una reazione diffusa al progressivo allontanamento dalla fede del mondo tecnologico avanzato.

Sarà vero? Sarà la reazione alle ormai consolidate abitudini di una società-mercato a provocare il bisogno di regole sempre più severe, di dogmi sempre più anacronistici, di condanne sempre più feroci? Comunque è certo: quando l'intolleranza religiosa si fa più impellente, le prime a essere demonizzate sono le donne, viste come pericolose portatrici di sregolatezza e perversione.

La notizia che l'assoluzione di Safiya è stata seguita da una condanna alla lapidazione di un'altra adultera, Amina Lawal Kurami, farebbe pensare che, nel momento in cui il governo nigeriano dà una prova di buona volontà, vuole ribadire il principio della pena: da una parte si accontenta l'opinione pubblica occidentale, dall'altra si dimostra agli intransigenti che le leggi della *sharia* sono sempre valide e attuali.

Amina ha ora trenta giorni per fare appello alla Corte di Giustizia. Anche lei come Safiya ha denunciato l'uomo che l'ha stuprata. Ma poiché egli ha negato la violenza, la sentenza è stata di condanna. Fra la parola di lei e quella di lui, i giudici non hanno esitato un momento. La prova della colpa sta in un bambino concepito fuori dal matrimonio.

Ora non resta che ricominciare tutto daccapo. Per Amina, per il suo bambino che rischia di rimanere senza madre, contro una legge che a noi pare assolutamente inaccettabile, profondamente ingiusta e crudele oltre ogni limite. Voglio solo ricordare che la lapidazione prevede un corpo sepolto a metà perché non possa nemmeno ripararsi con le braccia mentre viene preso a sassate fino alla morte dai suoi stessi concittadini.

Orribile spettacolo e orribile chiamata in correo di un'intera comunità.

Sappiamo che i fanatici religiosi hanno la testa dura. L'hanno dimostrato in questa e in altre occasioni.

Ma l'indignazione e la solidarietà internazionali possono mostrarsi ancora più determinate e insistenti. Perché non obbediscono a nessuna legge, a nessuna ideologia, a nessun partito, ma si riferiscono solo a un sentimento umano: quello della pietà e della conseguente rivolta contro una condanna brutale che nessun vero religioso può attribuire alla volontà divina.

(da "Corriere della Sera", 26 marzo 2002)

Sharia di oggi, Inquisizione di ieri

I giudici del tribunale religioso hanno confermato la condanna alla lapidazione per Amina Lawal, la giovane madre che ha avuto un figlio fuori dal matrimonio. Il perché, in un Paese democratico e in parte cattolico e animista, debbano essere gli inquisitori islamici a emettere sentenza di morte contro una cittadina della Repubblica, è un mistero. Ovvero sappiamo, per conoscenza storica, che appartiene a quel genere di abusi per cui anche da noi l'Inquisizione invadeva e utilizzava i luoghi del giudizio civile per condannare a morte qualsiasi cittadino che non si sottoponesse alle leggi della Chiesa. La magistratura civile acconsentiva e i governi e lo Stato tacevano imbarazzati, come succede oggi in Nigeria.

L'Inquisizione usava la tortura e il supplizio in nome di un Dio severo e vendicativo. I cattolici più sensibili e ragionevoli non approvavano, comprendendo la natura arbitraria e violenta, spesso fine a se stessa, di tale rigore cieco e morboso che non corrispondeva agli insegnamenti del Cristo.

Così oggi chi ama veramente il Corano si ritira scandalizzato di fronte a questa interpretazione faziosa, spietata e ingiustificata del giudizio divino. C'è sempre un Dio sanguinario e feroce dietro a queste pratiche di potere. Erano i più deboli e i più umili che pagavano allora sotto l'Inquisizione, e ancora oggi sono i più deboli e i più umili, le donne soprattutto, in un regime patriarcale e teocratico, le vittime preferite dell'intolleranza religiosa.

Per i severi giudici della *sharia* dovranno essere i compaesani di Amina Lawal a scavare la buca in cui seppellirla. E questo certamente per renderli complici. Non basta condannare l'adulterio infatti, ma si dovrà diventare boia fra i boia ufficiali, per eseguire una punizione che viene anticipata come collettiva. Tutti conniventi e tutti partecipi, nessuno risulterà innocente di questa condanna a morte. Con la ferocia di un rito arcaico, la donna sarà calata nel fosso scavato dai suoi stessi concittadini, da coloro che la conoscono, che l'hanno vista bambina, e poi adulta, giovane sposa e poi madre. Da coloro che hanno lavorato la terra con lei, che hanno mangiato con lei nei giorni di festa, che hanno raccolto la legna, trasportandola poi per chilometri chiacchierando d'amore, gli stessi con cui è andata mille volte alla fonte per prendere l'acqua per cucinare e lavare. Ci sarà pure l'uomo che si è giaciuto con lei, ma che non verrà punito, perché la legge religiosa non lo ritiene responsabile.

I giudici controlleranno che il corpo della giovane donna sia ben sepolto nella fossa verticale, lasciando allo scoperto solo le spalle e il collo che dovranno, assieme con la testa, fare da bersaglio alle pietre. Le braccia saranno ben serrate sotto la terra, in modo che la donna non possa difendersi, proteggersi gli occhi, la fronte, la bocca.

A questo punto comincerà il lancio delle pietre che saranno raccolte e ammonticchiate da una parte. Qualcuno avrà pure calcolato quante pietre occorreranno per darle la morte. E non saranno pietre troppo grandi che la ucciderebbero subito, né troppo piccole che la ferirebbero soltanto. L'agonia dovrà essere prolungata e spettacolare. Dovrà pur imparare qualcosa la peccatrice prima di morire, no? Ma soprattutto dovranno imparare le altre donne che rimarranno in vita, ma attanagliate per sempre dalla paura.

Si può immaginare che le tante persone che conoscono Amina e l'hanno vista crescere rimarranno un poco incerte, un poco perplesse: come colpire una vicina di casa, la loro amata nipote, la loro cugina, la compagna di giochi, a pietrate? Qualcosa di umano si muove nelle loro coscienze addormentate: veramente Allah vuole che noi uccidiamo questa donna solo perché ha avuto un figlio? Ma ci sarà il guardiano della *sharia* che inciterà a procedere: dirà loro che il mondo si è guastato, la corruzione è entrata nelle case come una serpe, bisogna scovare questa serpe, schiacciarle la testa e scuoiarla per il bene di tutti. Quindi agguanterà con una mano una pietra, la prima, e la lancerà prendendo la mira. Starà attento a non colpire la condannata sulla fronte né sulla nuca. Lo spettacolo finirebbe subito. Quindi centrerà l'attaccatura dei seni, lì dove la giovane madre ha tenuto abbracciato il figlio perché si abbeverasse al suo seno. Quel figlio che, per volere di un Dio insensato, da domani rimarrà orfano e solo.

Di fronte all'inerzia un poco pavida degli astanti, sarà forse un ragazzo ad afferrare con qualche titubanza e una smorfia di piacere un'altra pietra. Nella sua mente resiste preciso il ricordo di un ceffone datogli dalla donna il giorno che aveva sporcato un suo vestito appeso al sole. La pietra arriva rapida, potente e colpisce la donna sul naso. L'effetto è proprio quello desiderato dai giudici. La donna non ha ferite da suscitare pietà, ma il suo naso sanguina e il sangue prende a colarle copioso sul mento, sul collo, sul seno. Questo sì che è uno spettacolo degno di essere osservato! Il sangue chiama sangue, si sa, gli animi si surriscaldano e le pietre cominciano a volare rapide e precise.

Ma smettiamo di immaginare una scena che ancora è lontana da venire e che speriamo davvero non avvenga mai. Se ho insistito sulle immagini è perché le parole spesso sono troppo astratte. Lapidazione: tutti la pronunciano questa parola, ma non sanno bene come si svolga la cerimonia arcaica.

Il diritto di immaginazione è quello che fa l'uomo libero. Le religioni infatti temono come la peste l'immaginazione che fa maturare desideri illeciti, suscita dubbi, cova intelligenze segrete. Io chiedo ora, in nome di questa immaginazione e della pietà che la anima, di muoversi, di darsi da fare con lettere e telegrammi all'ambasciata nigeriana in Italia o al ministero degli Esteri a Lagos, per impedire che lo scempio si compia.

(da "Corriere della Sera", 21 agosto 2002)

L'Africa delle donne, unica speranza contro la paura

Avevo promesso a me stessa di non tornare in Kenya a visitare i miei amati elefanti finché le guerre distruttive non fossero finite e finché l'Aids non avesse lasciato quei territori. Come indulgere al piacere di osservare gli ultimi animali selvatici, in un Paese che ha il 20 per cento di sieropositivi? Sono anni infatti che non andavo più in Africa. Ma l'invito a un incontro con un gruppo di donne africane (del Kenya, del Sudan e della Somalia), mi ha convinta.

L'Alitalia ha cancellato i voli diretti per il Kenya e quindi bisogna fare un giro lungo: Roma-Amsterdam, o Roma-Londra e poi giù verso Nairobi. Anni fa si arrivava in poco più di cinque ore. Oggi ce ne vogliono una dozzina, e c'è pure il rischio di perdere il bagaglio per strada come è successo a me all'andata.

Nairobi, che io ricordavo come una città pacifica ed elegante, è diventata pericolosa e sporca. Il centro della città in certe ore del giorno è infrequentabile, si rischia la rapina: «Un coltello puntato sul collo, ti frugano rapidamente e ti portano via tutto, compresi gli spiccioli, l'orologio da polso, anche se vecchio» racconta Elio Traina, il direttore dell'Istituto italiano di cultura che coraggiosamente sfida i pericoli per portare avanti un intenso programma di scambi culturali fra l'Italia e il Kenya.

I ricchi si barricano nelle loro ville con tanto di fili spinati, muri coperti di cocci, ronda di cani e servizio armato notte e giorno. Solo i parchi con gli animali selvatici sono ancora delle oasi di pace. È lì che si concentra la valuta straniera. E vengono ben protetti. I turisti, appesantiti da macchine da presa e macchine fotografiche di tutte le forme, se ne vanno in giro chiusi dentro vecchie Land Rover, spiando l'arrivo di un gruppo di leoni, di una mandria di elefanti. Gli animali non sentono l'odore degli umani – per una volta chiusi in gabbia come in uno zoo – e tranquillamente passeggiano, amoreggiano, cacciano, nella pienezza della loro intelligente e necessaria semplicità vitale. Osservare una ventina di elefanti che scendono lentamente verso la riva del fiume per fare il bagno in un tripudio di spruzzi, di barriti, spezzando rami e foglie, affondando le gigantesche zampe nel fango, è una esperienza straordinaria. La leggerezza di questi corpi massicci e pesanti nello stesso tempo stupisce e meraviglia.

Gli esseri umani, dentro le loro scatole di latta, perdono il sentimento di centralità dominante, diventando per una volta invisibili e inoffensivi. Al di là dei finestrini, le gazzelle saltano, le giraffe fanno capolino dietro i cespugli ruminando foglie di acacia, gli scimmioni dal sedere lilla corrono emettendo grida di allegria. La sensazione è di essere capitati, clandestinamente, in un paradiso arcaico, lontanissimo nel tempo, prima della cacciata di Adamo ed Eva. Un paradiso sospeso nel vuoto di una memoria fuori dal cervello umano. Certamente una esperienza anche dolorosa, che ti rammenta come la natura sia indifferente all'uomo. Ti viene il sospetto che perfino il Padre eterno sia ormai incurante della sorte delle sue creature, perdute dietro mercati e guerre, dopo la cacciata dal paradiso terrestre. Quel paradiso che ora vorremmo ricostruire, con le sparute bestie selvagge che sono state risparmiate dalla grande carneficina. Ma quale Noè potrà salvare quelle meravigliose creature dal Diluvio tecnologico?

La professoressa Giovanna Domenichini ha organizzato per me un incontro con gli studenti dell'università. Sono ragazzi privilegiati, che hanno avuto modo di studiare, ma non per questo sono ricchi. Portano con dignità i loro vestiti lisi, i loro libri tenuti insieme dalla colla fatta in casa e da infiniti pezzi di scotch. Parliamo di romanzi, di storie. Ma vedo che si fanno particolarmente attenti quando mi interrogo sulla funzione dello scrittore nel tempo in cui vive: un testimone? Una coscienza inquieta? Una voce di dissenso? Uno spirito critico? Uno che dice la verità quando altri non possono dirla? Oppure semplicemente si tratta di una persona che coltiva il suo orticello di parole preziose, puntando sulla propria capacità visionaria e precorritrice? In luoghi dove prevalgono la povertà e la paura certamente lo scrittore è visto come qualcuno che ha il dovere e il privilegio di parlare per chi non può farlo. «Se scoppia una guerra vicino a lui, lo scrittore che fa? Ne scrive? O le sue fantasie, quando sono profonde e creative, bastano a nutrire l'immaginazione dei lettori del suo tempo, senza alcun riferimento ai fatti che travagliano gli animi di chi vive loro accanto?» Sono domande a cui è difficile rispondere.

L'attenzione di questi ragazzi testimonia una gran voglia di crearsi degli strumenti per giudicare il mondo, ma anche per cambiarlo in meglio. Il teatro qui è visto nel modo antico, come il luogo nudo in cui si scontrano le ragioni del dovere con quelle del piacere. E a teatro ci ritroveremo per leggere poesie in swahili, in inglese e in italiano. Nello stesso teatro, due sere dopo, assisteremo a una versione inglese del vecchio testo di Dario Fo, qui tradotto come *A woman alone*, in cui una massaia (me la ricordo interpretata da una bravissima Franca Rame) racconta alla vicina di casa le comiche infelicità di una condizione femminile di sudditanza.

Il Kenya non è in guerra, e anzi pratica una difficile e coraggiosa democrazia, ma confina con Paesi che stanno combattendo guerre di anni, che hanno prodotto morti infinite, torture, abusi, violenze, stupri, devastazioni di ogni genere... Molti di questi popoli in fuga si rifugiano nel Paese degli altipiani e trovano scampo in qualche baraccopoli senza luce e senza fogne, dove regna l'arbitrio più assoluto, la legge del più forte. Io stessa ho assistito, durante una visita al devastato quartiere di Kibera, per incontrare i ragazzi che Thomas Simmons dell'Amref e Marco Baliani stanno aiutando a uscire dalle logiche della guerra, a una battuta punitiva di uomini armati di bastoni, contro donne giovani e vecchie che avevano il torto di appoggiare l'opposizione. Altri, tantissimi, vanno a finire nei campi appositamente creati per i profughi, dove la vita è così promiscua, primitiva e infelice che il numero dei suicidi è continuamente in crescita.

Gli italiani stanno dando una mano, anche sul piano istituzionale, per trovare qualche rimedio alle guerre senza fine del Sudan, della Somalia, attraverso gli esuli che si trovano qui in Kenya. E questa è una buona notizia. Assieme con alcuni missionari, i rappresentanti del nostro Paese una volta tanto sono accolti con fiducia e simpatia, perché hanno trovato le parole per parlare concretamente di pace. L'invito a incontrarmi con le rappresentanti delle profughe sudanesi e somale viene da Domenico Polloni, osservatore italiano del processo di pace per il Sudan, che conosce bene la situazione, vive qui da anni e ha buoni rapporti con le organizzazioni pacifiste africane.

Sono una decina di donne fra somale, sudanesi e keniote. Alcune più giovani, altre meno giovani, ma tutte combattive, intelligenti e, lo si vede chiaramente, spazientite dalla loro impotenza. Cosa fare per affrontare le prepotenze dei «Signori della guerra», come loro stesse chiamano coloro che approfittano delle rivalità claniche per arricchirsi rapidamente seminando terrore e odio? Alcune arrivano ad augurarsi un intervento armato dell'Onu.

Con noi ci sono anche il professor Carlo Ungaro, inviato speciale del governo italiano per la Somalia, e Marion Douglas, la sua combattiva moglie americana, che spiegano cosa hanno significato per questi Paesi poveri anni e anni di guerra civile. «La popolazione è diventata ostaggio di bande di uomini armati che fanno solo i propri interessi, non tirandosi indietro di fronte a qualsiasi violenza. Non ci sono ragioni ideologiche dietro questi scontri ma problemi di prevalenza di clan opposti. Sono loro che mettono in mano ai bambini le armi, per farne dei guerrieri obbedienti e spericolati. In tutto questo le donne hanno una funzione fondamentale: portano avanti le strutture economiche di una società completamente spappolata.» Spesso assicurano il minimo di istruzione nelle zone devastate dalla guerra, improvvisando piccole scuole rudimentali. Ma sono talmente denutrite che al primo assalto di una malattia, soccombono. Soffrono di cataratta precoce, di emorragie, di aborti spontanei, di tubercolosi. Le bambine sono costrette a sposarsi prestissimo, anche a undici, dodici anni, per portare una dote, anche piccola, di due o tre vacche nella casa dei parenti. E anche per sfuggire agli stupri («qualsiasi donna che non appartenga a un uomo, è esposta allo stupro di gruppo e alla rapina»).

«La cosa assurda» dice la somala Medina Amir Mohamed, che parla benissimo italiano «è che noi siamo continuamente chiamate a sostituire gli uomini che sono in guerra: nell'organizzazione sociale, nella protezione della famiglia, nel commercio. Ma appena c'è da incontrarsi per decidere del futuro della comunità, veniamo automaticamente estromesse. Eppure abbiamo molto da dire sul futuro del nostro popolo e dovrebbero ascoltarci, per lo meno ascoltarci.»

«Le donne spesso sono costrette ad assistere alla morte violenta dei mariti, dei figli, e vengono stuprate di fronte ai parenti, e alla gente del villaggio» racconta Amina Muddei. «Eppure non chiedono vendetta. Vogliamo la pace, contro qualsiasi logica di ritorsione. Quello che ci preoccupa è la totale disgregazione dei nostri popoli e dei nostri villaggi. Siamo in piena anarchia, dove ognuno è contro tutti e vince sempre il più forte. Facciamo di tutto per creare delle zone di lavoro e di pace ma anche se ci riusciamo qualche volta, non sappiamo come rieducare i bambini abituati a torturare, uccidere e depredare. Nel 1991 le donne avevano avuto un posto in politica, c'erano delle leggi che imponevano una loro rappresentanza. Oggi tutto questo è scomparso assieme a ogni forma di istruzione.» «Nondimeno sono proprio le donne che permettono la sopravvivenza dei villaggi» incalza Asli Ismail Dùale «con il loro piccolo commercio, che portano avanti a rischio della vita. Sono loro che garantiscono l'approvvigionamento della legna per cucinare, tagliando i rami nei boschi e caricandoli sulla testa. Sono loro che trasportano l'acqua dai fiumi ai villaggi, loro che coltivano il miglio, il mais, le banane.

«Stiamo tornando all'analfabetismo perché le scuole non ci sono più. Le donne non sanno nemmeno scrivere il proprio nome. Ci sono alcune scuole private ma sono per i più ricchi. La maggioranza non ha neanche i soldi per comprarsi le scarpe. Le associazioni femminili sono state le uniche a volere costituire dei legami fra nazioni in guerra, attraverso il piccolo commercio e le azioni di pace. Dove le armi vengono proibite si costituisce un flusso clandestino inarrestabile e anche voi italiani vendete tante armi. Oggi, sotto la pressione dei grandi del mondo, si comincia a trattare per la pace. Ma sapete chi sta negoziando per noi? Proprio quei Signori della guerra che ci hanno torturati e depredati. Vogliono mantenere i propri interessi anche in tempo di pace.»

«Il Sudan è in guerra da quindici anni» racconta Rachel Kirubi dell'"Upper Nile Woman Welfare Association". «Il Sud, in cui prevalgono i cattolici e gli animisti, si scontra col Nord che è in prevalenza islamico e considera quelli del meridione come "razza inferiore". È una realtà frammentata, in cui tutti stanno male, salvo coloro che detengono le armi e minacciano chiunque non stia alle loro regole. L'analfabetismo sta diventando una regola, la classe dirigente è inesistente, non ci sono più amministratori, siamo in uno stato di autodistruzione perversa.»

«Noi li portiamo dentro alla pancia per nove mesi» interviene Mary Nyaulang del "Sudanese Woman in Development and Peace". «Li alleviamo fino ai sette anni, e poi ci vengono tolti per portarli a fare la guerra. Le nostre parole di madri non contano più niente dal momento che il bambino diventa un piccolo soldato. E dobbiamo assistere all'obbrobrio di vedere i nostri figli dalle mani ancora piccole e tenere che stringono un fucile e lo portano a casa come se fosse un giocattolo che purtroppo spara davvero.»

«Le donne non sono mai informate su ciò che accadrà», aggiunge polemica Anisia Achieng del "Sudanese Woman Voice for Peace". «Ci vengono dati solo ordini: abbandona la tua casa entro un'ora, nasconditi da qualche parte, porta in salvo i bambini. Ma dove e per quanto tempo? Non ci viene detto niente. Noi vogliamo costruire una cultura di pace che superi le differenze dei clan avversari, per tornare a vivere in pace, e vogliamo che i nostri figli vadano a scuola in sicurezza.»

Le testimonianze si susseguono dolorose e simili: la guerra è una faccenda di uomini e alle donne non viene richiesto nessun parere, mai. La guerra riduce le ragazze a rango di prede, le donne adulte a rango di serve e infermiere. Come fare per riportare la pace in terre distrutte dall'odio e dal principio della vendetta, come fare per ricostruire la famiglia e il pacifico lavoro quotidiano?

Mi chiedo perché le istituzioni internazionali, quando vogliono trattare con personalità dei Paesi in guerra, non si rivolgono alle donne. Non sarebbe una strategia vincente?

L'autorità si crea, è un investimento che spesso viene da chi ha già una autorità. Se le istituzioni, cominciando da quelle umanitarie internazionali, scegliessero all'interno dei Paesi da pacificare delle personalità femminili – e posso assicurare che ce ne sono – facendone un punto di riferimento anche se non istituzionale, dando loro un valore di rappresentanza, credo che i Signori della guerra sarebbero costretti a riconoscere a queste ultime quell'autorità che vogliono mantenere solo per sé.

Non è successo lo stesso con Rigoberta Menchu, che ha rappresentato le lotte dei popoli latinoamericani ed è diventata un punto di riferimento anche per i capi di Stato e le organizzazioni umanitarie internazionali? La mia proposta ai governi che veramente credono nella pacificazione di questi Paesi, impelagati in guerre decennali senza uscita, è proprio questa: non rivolgersi ai dirigenti che si autopropongono come le voci autorevoli dei loro popoli, ma andare a cercare le rappresentanti di quelle associazioni femminili che dal basso premono per una politica di riconciliazione e non riescono a farsi ascoltare per via di una atavica gerarchia del potere patriarcale. Dare dall'esterno un valore a coloro che veramente hanno interesse nell'armistizio e renderli ambasciatori autorevoli di una pace che non può passare per gli interessi eternamente rinnovati dei Signori della guerra.

(da "Corriere della Sera", 27 dicembre 2002)

Ci vuole poco per creare la soldatessa torturatrice*

È stato detto che in ciascun essere umano abita un aguzzino. Possiamo crederci? Lo scrive anche Bettelheim quando vuole spiegare la crudeltà delle fiabe: esse aiuterebbero a esorcizzare il «piccolo mostro» che c'è in ogni bambino. Il pericolo che questo mostro, nel bambino diventato adulto, cresca e metta le unghie sta nelle circostanze. Insomma, date a un uomo una giustificazione, mettetelo nella condizione di dominare altri uomini, ditegli che quei corpi sono nemici e alieni, suggeritegli che sono oggetti spregevoli e non esseri umani, e verrà fuori l'aguzzino, il torturatore. Ecco, il sadismo: nessuno può dire di esserne totalmente immune, dal bambino che dà fuoco alla coda del gatto per vederlo scappare terrorizzato, alla ragazzina che si diverte a tiranneggiare un fratellino, l'essere umano porta in sé la capacità di schiavizzare e opprimere l'altro. Basta dirgli che è lecito, farlo sentire sicuro e appoggiato.

Pensiamo al nazismo, quando sembrava normale inveire, insultare, perseguitare gli ebrei solo perché erano tali, e chi non era d'accordo taceva, per paura di ritorsioni. Pensiamo all'Argentina dei militari. La maggioranza era composta da bravi soldati, buoni padri di famiglia. Ci

* La soldatessa è Lynndie England, fotografata mentre partecipava alla tortura di un gruppo di prigionieri iracheni nella base Usa di Guantanamo.

vuole così poco per trasformare un tranquillo cittadino in un persecutore. Pensiamo alla Russia di Stalin, alla distorsione sistematica del sentimento morale. Kundera racconta, in una bella intervista di Philip Roth, pubblicata da Einaudi, che Paul Éluard, quando seppe che il suo più caro amico, Zavis Kalandra, era stato arrestato e condannato all'impiccagione da Stalin, «accantonò i propri sentimenti di amicizia in nome di ideali astratti e dichiarò pubblicamente di approvare la condanna a morte. Il boia uccideva mentre il poeta cantava».

È la consapevolezza che fa sublimare l'atavico istinto sadico, sono la cultura, il controllo interno prima di quello esterno, l'abitudine a riflettere sulle proprie azioni, a controllarle e guidarle, la pratica del rispetto verso l'altro, tanto insistita nell'educazione da farla diventare una seconda natura. E naturalmente, in un clima di conformismo razzista, bisogna essere pronti a subire l'ostracismo, il ridicolo e spesso anche la punizione, se non si sta al gioco. Per questo la soldatessa americana che si fa fotografare con il guinzaglio al collo di un prigioniero iracheno fa solo pena. La ragazza e il suo fidanzato militare che se ne sta a braccia conserte, felice di mostrarsi in mezzo ai corpi nudi e umiliati dei prigionieri, esprimono soprattutto idiozia e ignoranza. È chiaro che qualcuno ha fatto loro sapere che potevano e forse anche dovevano infierire, altrimenti si sarebbero nascosti, non si sarebbero esposti con tanta imbecille naturalezza.

La responsabilità è di quei superiori che, guarda caso, oggi negano e si nascondono, proprio perché sapevano che ciò che si compiva in quei carceri era grave e inumano. Ma ad essi serviva che fosse così. Qualcun altro compia i bassi servizi poiché quei corpi sono nemici del loro Paese, espressioni di una civiltà inferiore, «tu infierisci pure, farai bene». È stato questo il suggerimento. E siccome il sadismo ha sempre una componente sessuale, alla fine tutte le torture finivano con un gesto di morbosità erotica. Il solo rimedio è la trasparenza: non si possono accettare segreti dove qualcuno detiene un potere straordinario su degli esseri umani inermi. Tutto deve essere esposto alla luce del giorno, conosciuto e controllabile. Altrimenti la lotta al terrorismo in nome della ragione, della democrazia e della tolleranza, diventa una pura buffonata.

(da "Corriere della Sera", 21 maggio 2004)

Ratzinger e la donna. Il messaggio dell'ambiguità*

Leggendo il complesso e criptico testo scritto dal cardinal Ratzinger, la prima domanda che viene in mente è: ma a chi si rivolge? Solo ai dotti prelati che adegueranno il loro atteggiamento alle erudite considerazioni, diffondendole e spiegandole poi ai parroci e alla plebe della Chiesa? O è rivolta anche ai fedeli, a coloro che, pur non conoscendo il linguaggio canonico, vogliano capire qualcosa del moderno pensiero della Chiesa sui sessi?

Il largo uso di un gergo dottrinario ed ermetico direi che esclude in partenza la partecipazione dei fedeli. Senza volere tirare fuori l'Azzeccagarbugli manzoniano, le ambiguità, le oscurità del testo lo rendono di difficile accesso a chi non è padrone del linguaggio elitario della gerarchia ecclesiastica. Ratzinger spiega in modo contorto e fumoso che sbaglia sia chi considera ininfluenti le differenze biologiche fra uomo e donna, sia chi le accentua per stabilire la supremazia di un sesso sull'altro e su questo siamo perfettamente d'accordo. Ma poi si legge: «In secondo luogo tale tendenza (quella che rifiuta ogni condizionamento biologico) conside-

* Si tratta della "Lettera sulla collaborazione dell'uomo e della donna" di Joseph Ratzinger, all'epoca di questo articolo prefetto della Congregazione per la Dottrina della Fede.

rerebbe privo di importanza e ininfluente il fatto che il Figlio di Dio abbia assunto la natura umana nella sua forma maschile». Una frase a dir poco sibillina. Cosa vuol dire, che la Chiesa invece ritiene significativo che il Figlio di Dio abbia assunto la forma maschile? E perché? Non è spiegato.

Non sono qui per fare una critica del contenuto, di cui si è parlato ampiamente, e che curiosamente ha messo d'accordo alcune note femministe con l'augusto cardinale. Vorrei, da scrittrice, fare due osservazioni concise sul linguaggio di questa lettera, così importante per l'atteggiamento della Chiesa nei confronti delle donne.

Alcune parole mi hanno colpito nel saggio: primo, la sua pretesa di essere «documento», con quel tanto di normativo che si porta dietro un documento che vuole rappresentare il nuovo pensiero della Chiesa. Secondo: il suo proporsi contemporaneamente come lettera, ovvero qualcosa di molto più morbido e umano, come l'atto che compie un amico nei riguardi di un altro amico o un maestro nei riguardi dei suoi allievi. Già nell'uso parallelo di queste due parole c'è una contraddizione, evidentemente voluta, che distingue tutto il testo: da una parte pretende di esprimere autorità e senso della gerarchia, dall'altra indica umilmente e magnanimamente le varie vie per raggiungere la verità.

Un'altra parola ricorrente e che sta anche nel titolo è «collaborazione». Per quanto si pretenda che a collaborare siano i due sessi, al di fuori di ogni posizione dominante, in realtà ci si rivolge alle donne perché collaborino, in nome di una famiglia «naturale», con coloro che spesso fanno loro da padroni. La parola «collaborazione» infatti, storicamente, non si dà mai a doppio senso, ma sempre dal basso verso l'alto. È il più debole che collabora col più forte. In tempo di guerra la «collaborazione» assume addirittura un senso dispregiativo: collaborano coloro che se la intendono col più potente, in questo caso il nemico. Si dice anche «collaboratore di giustizia» non si intende certo che il giudice cooperi alla pari con chi si pente, ma che il pentito «collabora» con la giustizia, ovvero chiarisce e consegna alla magistratura gli ordinamenti segreti della sua organizzazione. Si dice perfino «collaboratrice domestica» e nessuno capirebbe se si definisse «collaboratore domestico» il suo datore di lavoro. Guarda caso anche in questo caso si tratta quasi sempre di una donna, socialmente debole, che deve «collaborare» con chi la paga e la comanda. Insomma un testo ambiguo e contraddittorio, che usa l'adulazione nei riguardi delle donne, ma non dice niente di nuovo sulle grandi questioni che agitano il nostro secolo.

(da "Corriere della Sera", 27 agosto 2004)

L'odio e il coraggio di dare l'esempio*

Due giovani ragazze nel pieno della loro vitalità, due persone capaci di generosità e di entusiasmo. È quello che vogliono colpire gli sfasciatutto? Non solo un progetto di pace, ma una pratica della pace che consiste nella vicinanza affettuosa e fattiva nei riguardi di un popolo disperato e travagliato, i cui bambini sono spesso soli e abbandonati per le strade.

Sembra che i giornali italiani in generale abbiano capito. Salvo "Libero" che subito dopo il rapimento, pubblicava in prima pagina, un titolo a dir poco offensivo: "Vittime dei pacifisti!". Perché vittime? Sarebbe come dire che le due ragazze non sono intelligenti abbastanza per pensare con la propria testa, che non sono libere di giudicare e di prendere delle decisioni.

La pace non è solo una utopia, o una bandiera, ma una pratica. Si è pacifisti anche quando si cammina per strada, si guida una macchina, si prende un caffè, si parla con un amico. Il pacifismo è prima di tutto una mentalità, un modo di concepire la vita, un modo di raffrontarsi con gli altri, una etica del profondo che evidentemente Feltri fa fatica a capire.

Con atteggiamento paterno scrive che se fossero state sue

* Simona Pari e Simona Torretta, volontarie italiane in Iraq, vengono rapite il 7 settembre 2004 e liberate dopo 21 giorni.

figlie le avrebbe prese a schiaffi. Assolutamente ignaro probabilmente della profonda misoginia di una frase del genere, per cui le figlie, anche adulte, sono sempre delle minorenni da proteggere, da schiaffeggiare quando è necessario, da tenere a bada.

«Cosa ci andate a fare a Baghdad, a convincere quella gente che la vita è bella nonostante i guai?» Questa secondo Feltri sarebbe la morale del pacifismo. Come a dire: guardate questi scemi che, combinando insieme un torbido bisogno di provare il brivido del rischio (vedi Baldoni), se ne vanno in vacanza in qualche luogo esotico, senza sapere nulla di quel luogo, per chinarsi sui bambini affamati, cercando di convincerli che la vita è bella nonostante la fame, le bombe, il terrorismo eccetera.

Anche se fosse così, caro Feltri, non sarebbe male. Se questi guerrieri della morte avessero un vago sospetto che la vita è bella e vale la pena di essere vissuta, non andrebbero ad ammazzare e farsi ammazzare in quel macello che è la guerra dell'Iraq. Ma non è questo il punto. Le due Simone – una più dell'altra perché ha vissuto in Iraq per anni – conoscevano il Paese, conoscevano la gente, hanno intessuto una vasta rete di rapporti di fiducia e di scambio. Il lavoro, pur umile, che facevano, nel nome di una associazione, "Un ponte per...", che esiste da tantissimi anni, dalla prima guerra dell'Iraq, non consisteva nel convincere i bambini iracheni che la vita è bella, ma nell'aiutarli a sopravvivere a esperienze terribili come la perdita dei genitori, la perdita della casa, la perdita della scuola. Per questo avevano costruito un centro dove i ragazzi leggevano, imparavano, studiavano, facevano vita comunitaria. Sappiamo tutti che lì dove ci sono le parole, dove ci sono i libri, i fucili stanno a disagio. Per questo i fucili di solito sono nemici dei libri. Tutti noi, compreso Feltri, dovremmo ringraziare le due coraggiose e generose ragazze che permettono, con la loro prassi di pace, di opporsi agli stupidi e mortiferi progetti del fanatismo religioso.

(da " Corriere della Sera", 18 settembre 2004)

Giuliana Sgrena in Iraq*

«L'informazione si è militarizzata... Ribellarsi a questi schemi è rischioso ma è un rischio che bisogna correre per fare informazione. Florence Aubenas ha sempre corso il rischio di informare: in Ruanda, Kosovo, Algeria, Afghanistan e Iraq. Anche per questo ci sentiamo al suo fianco.» Parole di Giuliana Sgrena, riportate da una puntuale e intelligente agenzia, la Dwpress, che trovo ogni mattina nella mia posta elettronica. E di questo li ringrazio.

Si parla tanto di Giuliana Sgrena, ma si conosce poco di lei. Molti non sanno che ha cominciato scrivendo per la rivista "Guerra e pace", fondata fra le fine degli anni Settanta e i primi anni Ottanta. Che lavora alla redazione esteri del "manifesto" dal 1988. Che è stata la prima giornalista italiana a seguire le drammatiche cronache dall'Algeria in mano ai radicali islamici. Che è stata fra i primi a recarsi in Afghanistan quando a Kabul c'era ancora il regime dei talebani. Che conosce a fondo il mondo islamico e in particolare la vita delle donne e il dominio esercitato su di loro dalle componenti oscurantiste dell'islam militante. Che era a Baghdad durante i bom-

* Giuliana Sgrena, inviata del "manifesto" in Iraq, viene rapita il 4 febbraio 2005 e liberata dopo 28 giorni.

bardamenti e vi è tornata più volte, cercando innanzitutto di raccontare la vita quotidiana degli iracheni, documentando con professionalità le violenze causate dall'occupazione di quel Paese. Che è fra le fondatrici del "Movimento per la pace" dagli anni Ottanta. Che fa parte di "Controparola", gruppo di giornaliste e scrittrici che si batte da anni per i diritti delle donne. Che ha scritto diversi libri fra i quali: *Le fidanzate di Allah*, *Alla scuola dei talebani*, *La schiavitù del velo*, *Kahuina contro i califfi* e *Il fronte Iraq*.

«I giornalisti sono ostaggio di tutti gli effetti perversi provocati dall'occupazione militare e dalla privatizzazione della guerra. L'ostilità degli iracheni verso l'occupazione si è ampliata fino a coinvolgere tutti gli stranieri. Del resto quando si spaccia un intervento militare come missione di pace non si può pretendere che dall'altra parte si facciano distinzioni sottili.» Anche queste sono parole di Giuliana.

Aggiungo che Giuliana è una persona generosa e vera, nel senso che non ha mai fatto vanto del suo coraggio e delle sue verità. Una persona schiva che fa il suo lavoro con passione e fino in fondo. Conosceva i rischi che correva, e non li sottovalutava, come sostiene qualcuno. Le sue parole che minimizzavano i pericoli erano lì per rassicurare non per esprimere incoscienza. Il coraggio non consiste, come spiega bene Stendhal, nel non avere paura – nel qual caso si tratta di pura incoscienza – ma nel conoscere e nell'affrontare questa paura, quando ci sembra necessario. Per Giuliana, fare campagna contro la guerra vuol dire andare a informarsi e raccontare il conflitto, nel centro del suo occhio perverso, senza sottrarsi a nessuno dei rischi che questo comporta. Raccogliere dal vivo le testimonianze di chi la guerra la subisce, senza poter dire il suo parere. Dare spazio alle voci degli esclusi, dei deboli. È quello che ha fatto, con consapevolezza e forza d'animo. E noi dobbiamo esserle grate. Soprattutto noi donne, che siamo così spesso mortificate dalle immagini di corpi femminili acconciati passivamente per una improbabile mistificante seduzione, divisi e messi in vetrina. Giuliana ci ricorda che esistono, anche se ben nascoste, donne che pensano, che prendono decisioni, che partono alla volta di terre sconosciute, per dare testimonianza dei troppi silenzi complici e interessati, senza chiedere nulla e tutto rischiando per fare conoscere il vero. Ti aspettiamo, Giuliana!

(da "Corriere della Sera", 11 febbraio 2005)

Terri Schiavo e il suo sguardo vivo*

Quella faccia di bambina triste che si rivolge con sguardo cieco ma tenerissimo, cercando istintivamente affetto e attenzione, pubblicata in questi giorni su tutti i giornali, sta commovendo il mondo intero. Si torna a discutere di eutanasia: non è più dignitoso morire piuttosto che vivere in condizioni vegetative? Per quanto mi riguarda sono, per cultura, contraria all'accanimento terapeutico, sono per la libertà di morire quando e come si decide. Ma chi stabilisce veramente qual è il momento per staccare la spina? E cosa fare se quel corpo, pur privato di intelligenza, esprime in modo anche solo animalesco una profonda voglia di vivere?

È sempre qualcun altro che decide per lei e come non immaginare che quest'altro o questi altri siano semplicemente stanchi di accudire una donna che si considera clinicamente morta? Abbiamo letto che Terri ha un marito, che nonostante conviva ormai con un'altra donna e abbia avuto da lei due figli, ha voluto conservare la tutela sulla moglie incapace di intendere e di volere. Quest'uomo, secondo la famiglia di lei, non ha mai voluto sottoporre la moglie in coma a cure specifiche, ha cacciato di casa i pa-

* Terri Schiavo, che per quindici anni è vissuta in stato vegetativo permanente, è stata protagonista di una battaglia legale in seguito alla decisione del marito di far sospendere l'alimentazione artificiale.

renti e ora chiede, con sospetto rigore, l'eutanasia per la donna costretta a letto. Chi non sarebbe preso dai dubbi? Troppe volte intorno alle persone morenti si coagulano convenienze e volontà di ogni sorta. Non si tratta di una decisione più o meno libera, ma di ribadire un credo, una appartenenza politica e religiosa. Terri Schiavo, a quanto dicono le cronache, non soffre in modo tale da fare dire: ora basta, aiutiamola a cessare questa pena! Non ha mai detto davanti a più testimoni, quando era responsabile, che avrebbe preferito morire piuttosto che vivere in stato di inerzia vegetativa. Fra tutti questi dubbi, francamente mi pare troppo drastico decidere di toglierle quello che la tiene in vita. Ormai troppi interessi sociali e ideologici si sono innescati in un caso umano che avrebbe dovuto essere trattato con ben altro pudore e riservatezza.

Ma questo, come sappiamo è un caso fra i tanti. Ogni volta ci sono ragioni e controragioni per sospettare di un intervento che cala dall'alto. Chi può veramente stabilire la soppressione di una creatura che mostra, come nel caso di Terri, una istintiva anche se obnubilata, gioia di vivere? L'abbiamo visto nei suoi occhi tutt'altro che morti, nel viso che si protende sorridente verso la persona che si china su di lei, madre o sorella o infermiere amorevole che sia. Qualcuno dice che sono solo movimenti muscolari, ma chi conosce fino in fondo i misteri di un corpo offeso?

Ecco perché l'eutanasia mi lascia dubbiosa. Non nei princìpi, che considero giusti, ma nella sua applicazione pratica. Come si fa, in questo mondo di lupi, a evitare le procedure disinvolte, i tornaconti più reconditi e nascosti camuffati da preoccupazione di «buona morte»? Quanti hanno la saggezza di resistere di fronte alla tentazione di liberarsi di un corpo inerte che alla lunga costa troppo, sia per un ospedale, che per i parenti? Per lo meno, non pretendiamo di farlo per il suo bene, per «salvare la sua dignità»! Diciamo francamente che, oltre un certo limite, la collettività non ce la fa a mantenere un corpo vivo ma privo di autonomia. Gli ospedali costano e bisogna fare posto ad altri malati. È questa la verità di fondo? Qui nessuno dice la verità purtroppo e tutti tirano l'acqua al proprio mulino. Il viso straordinariamente espressivo, pur nella sua mutezza, di Terri Schiavo è lì a rammentarci che la pietà non sta sempre dalla parte della buona morte.

(da "Corriere della Sera", 25 marzo 2005)

La storia di Tumana che vuole studiare in Italia

La superficialità di ogni ideologia preventiva, di fronte al problema dell'immigrazione, la si capisce nel momento in cui ci si trova davanti a casi concreti, storie di donne e di uomini che soffrono, che chiedono, che danno, che sono portatori di talenti e capacità, e scappano da qualcosa che li offende e li distrugge. È il caso di Tumana Lamin, una ragazza sahrawi che all'età di nove anni è arrivata in Italia per farsi curare. «Era anemica e pesava 18 chili, aveva dolori lancinanti alle gambe e camminava a stento.» La famiglia Berni di Castiglioncello l'ha generosamente ospitata e curata, permettendole di frequentare la scuola, come chiedeva la bambina. Tumana ha sempre studiato con gusto, dimostrando grandi doti di apprendimento. Appena inserita nella scuola italiana, dove viene presa a modello da tutti gli insegnanti per la sua intelligenza e la sua autodisciplina, esprime il desiderio di diventare medico, per «tornare al mio Paese e curare chi ne ha bisogno», come dice lei molto seriamente. Ogni anno Tumana andava a trovare la famiglia nei campi sahrawi. Per chi non lo sapesse, sono campi profughi ai margini del Marocco, dove il popolo sahrawi si batte da anni per la sua autonomia. Tutto sembra andare bene per Tumana che studia con ottimi risultati, per diventare medico. Nessuno sembra abbia niente da eccepire.

E invece, proprio nel momento in cui Tumana diventa

maggiorenne, le leggi dei padri che dominano nel suo Paese si impongono alla sua giovane femminile volontà. Nel gennaio del 2003, la famiglia che l'ha per tanti anni ospitata e curata viene a sapere che Tumana non tornerà più in Italia. Perché? chiedono angosciati gli amici e la stessa ragazza, che non vuole assolutamente lasciare gli studi. «Perché io sono il padre e Tumana deve occuparsi di me», è la risposta dell'uomo.

Inutile ricordargli che ha già altre due figlie che lo accudiscono. La legge gli dà ragione: la giovane non può decidere di testa sua. Se il padre vuole strapparla agli studi per relegarla in casa come infermiera e serva, questo è il suo diritto, secondo la legge islamica.

Tumana ha avuto perfino l'appoggio del governo del suo Paese. Ma la volontà del padre è inamovibile. Da qualche anno vive prigioniera della tendopoli di Auserd/Aguenit/Bario, nonostante le insistenze di un "Comitato" nato per aiutarla a realizzare il suo desiderio di studiare. Tumana continua a scrivere ai suoi amici italiani di aiutarla a tornare agli studi, ma per il momento «non ci sono santi» come si suol dire.

Ecco che di fronte a una storia come questa, si pongono vari problemi di ordine morale, sociologico, culturale e politico. Fino a che punto si può e si deve intervenire perché una ragazza venga sottratta agli usi e costumi di un popolo che pure si rispetta e si vuole aiutare? La risposta non è facile. C'è chi pensa che rispettare un Paese significhi accettare ciecamente le regole della maggioranza di quel Paese. Chi invece ritiene che, pur rispettando un popolo e le sue tradizioni, si possa e si debba intervenire. La stessa cosa avviene quando ci si dichiara amici dell'America, ma nemici della politica guerrafondaia di Bush.

Amare e stimare un Paese non vuol dire accettare passivamente tutte le scelte che fa la maggioranza di quel popolo. Auguriamo a Tumana di potere tornare a studiare da noi perché lo merita, anche se questo significherà un intervento più o meno esplicito sui costumi familiari di un popolo amico.

(da "Corriere della Sera", 15 aprile 2005)

Bimbe violate e vendute, lo scandalo sono le leggi inapplicate

Quando si parla di prostituzione, molti prendono un atteggiamento fatalistico. Alzano le spalle come a dire: c'è poco da fare i moralisti, è un male che esiste da sempre, non ci possiamo fare niente: se ci sono tanti uomini che cercano donne a pagamento e se queste ci stanno, peggio per loro. Come se si parlasse di qualcosa di inevitabile e di endemico. Come se da secoli, da millenni la sessualità maschile si portasse dietro questo mistero della mercificazione, addirittura sancita dagli dèi, nei templi, e rispettata dalla maggioranza come un aspetto inevitabile del rapporto fra i sessi.

Ma le cose sono cambiate da quando nel Sessantotto ci battevamo perché le prostitute fossero considerate donne come tutte le altre, che avevano il diritto di vendersi senza essere giudicate e tormentate e discriminate. Allora si trattava di donne maggiorenni che sceglievano di fare un mestiere, discutibile o no, ma che partiva da una loro scelta. Naturalmente si ragionava su quanto potesse essere libera quella scelta e quanto invece forzata dalla povertà e dalla soggezione sociale. Comunque si trattava di persone responsabili e di maggiore età.

Oggi, parlare di scelte più o meno autonome è diventato improprio e ingiusto, poiché abbiamo a che fare con una vera e propria tratta delle schiave. E queste schiave diventano sempre più giovani, addirittura bambine. Vengono prelevate con l'inganno o comprate e poi rivendute, brutalizzate, private del passaporto con minacce cruente, picchiate e violentate se non obbediscono. Gli ultimi rilevamenti parlano di duemila minorenni su venticinquemila immigrate. E il loro numero è in crescita. Non è che manchino leggi rigorose contro lo sfruttamento minorile, sia in Europa che in Italia, come va denunciando da tempo Livia Turco, ma scandalosamente non vengono applicate.

Dove e quando cominciano le ambiguità? Si tratta solo di negligenza o di una colpevole complicità? Fatto sta che queste baby-prostitute, come racconta bene Adele Cambria su "L'Unità", si vendono sfacciatamente davanti a forze dell'ordine e politici, nelle strade più frequentate delle nostre città.

A questo punto il discorso non può che spostarsi sul cliente. Come mai tanti italiani, spesso buoni padri di famiglia, vanno a cercare per strada, a pagamento, un piacere accessibile altrove gratuitamente? E si tratta veramente di piacere, oppure del bisogno di trovare qualcuno su cui sfogare le proprie frustrazioni, qualcuno da dominare, depredare, senza conseguenze? Da dove vengono fuori questi «italiani che vogliono togliersi lo sfizio di violentare una giovane creatura» come scrive Cerami sul "Messaggero"? Non si tratta infatti più di calpestare una legge, ma di insultare la dignità e l'innocenza. Si tratta di un vero «stupro fisico, morale, religioso». Qualcosa che nessuna comunità può sopportare perché mette in gioco la sacralità della vita.

Per il momento chi si rimbocca le maniche e dà un aiuto immediato sono soprattutto associazioni come l'"Unità di strada Parsec" o privati, come don Ciotti, come suor Rita di Caserta, che rischiano la vita per offrire un rifugio, dell'affetto e un lavoro dignitoso a queste ragazzine. Ma la questione della prostituzione minorile non può essere affidata solo alla carità e alla buona volontà di poche persone generose e piene di coraggio. Bisogna che l'intero Paese e soprattutto i clienti, si prendano carico di questo problema essenzialmente etico. Non si può diventare complici dello stupro quotidiano di bambine messe nell'incapacità di reagire o di difendersi. «C'è da chiedersi», dice Cerami e noi con lui, come si concilino i grandi dibattiti sulla vitalità dell'embrione e il profondo silenzio sulla vita di queste bambine che non «hanno altra scelta che quella di essere scelte da un cliente».

(da "Corriere della Sera", 13 settembre 2005)

Discutiamo di quote rosa e la strage si compie in silenzio

Centinaia di migliaia di donne non rispondono all'appello demografico, secondo le ultime ricerche dell'Onu. Si calcola che siano oltre 600.000 i feti femminili uccisi prima che vengano al mondo nei Paesi dove la nascita di una femmina comporta spese considerate inutili. Altre bambine muoiono per mancanza di cibo. In molte famiglie poverissime, che cercano di sopravvivere, quando si trova qualcosa da mangiare, si dà la precedenza ai figli maschi. Il risultato è che sono molto di più le bambine dei bambini a morire di fame ogni anno. Perfino le cure mediche vengono dedicate prima ai figli maschi, considerati più utili per il futuro delle famiglie. Ragazze nell'età della pubertà vengono uccise per delitti di onore, o di dote.

Il paradosso è che tutto questo non lo denuncia un portavoce del femminismo europeo, ma niente di meno che il "Geneva Centre for the Democratic Control of the Armed Forces". Dopo avere constatato che le grandi guerre sono diminuite del 40 per cento dal 1992 al 2003. La domanda è: possiamo dire che la diminuzione delle guerre abbia reso il mondo più sicuro per tutti? In parte sì, è la risposta del Dcaf. Ma non per le donne che vedono aumentare ogni anno il livello di schiavitù e di violenza.

Oggi sappiamo, attraverso gli strumenti di rilevazione di dati sempre più sofisticati ed estesi, che ogni anno fra un milione e mezzo e tre milioni di donne e ragazzine vengono torturate e uccise per «gender based violence», ovvero «violenze di genere». Non viene perdonato loro di essere nate femmine, diverse, dotate di una sessualità propria, di un bisogno di indipendenza che evidentemente fa paura. «Donne fra i 15 e i 44 anni hanno molte più probabilità di essere uccise o deturpate, che di morire di Aids, di incidente di auto, di malaria o di guerra.» Parole del Dcaf, riportate dall'"Economist" del 26 novembre 2005.

Noi discutiamo sulle quote rosa, chiusi come siamo in un giardino privilegiato che è l'Europa. Senza pensare che il giardino sta per essere devastato dalle conseguenze della globalizzazione. E non si tratta solo di nuove e vecchie discriminazioni, ma di assassinio rituale delle donne da parte di culture ancora fortemente patriarcali che non vogliono nemmeno sentire parlare di diritti delle donne, di qualsiasi tipo. Il timore è che, cacciata dalla porta, la guerra fra i sessi rientri dalla finestra, funestando la convivenza fra uomini e donne. Di fronte agli integralismi che premono da ogni parte, invece di rinforzarci nelle nostre conquiste di democrazia e parità, molti cedono alla tentazione di rispondere a un fanatismo con un altro, a una repressione con un'altra. Il mercato che si fa del corpo femminile per alcuni sarebbe una risposta di libertà, ma rischia di essere solo una provocazione inutile e controproducente. La libertà non consiste nell'accettazione di quel linguaggio della seduzione di cui si fa bella la pubblicità, ma nel riconoscere la dignità della persona femminile, dotata di un pensiero prima ancora che di un corpo disponibile e muto.

(da "Corriere della Sera", 29 novembre 2005)

IV

Dialogo con i lettori

Che libertà è farsi del male?

Spesso i grandi difensori della vita «in astratto» sono anche coloro che non hanno niente da dire contro le guerre, contro la pena di morte, contro gli esperimenti medici, e altri gravi abusi sul corpo umano. Il primo degli abusi storici comincia proprio quando le donne, che portano in sé la sapienza della concezione, vengono estromesse da ogni pensiero etico, da ogni interpretazione filosofica, da ogni decisione politica sulla riproduzione per fare posto a scienziati, moralisti, medici e politici, tutti interessati a impadronirsi, con teorie e tecniche più o meno arbitrarie, del potere connesso alla riproduzione, considerato, non a caso, uno dei poteri più decisivi e più inquietanti di un popolo, di una nazione, di una cultura. Le donne sono state considerate oggetto passivo di studi, di controversie, di esperimenti, di analisi, di discussioni biologiche, etiche e psicologiche. Senza mai chiedere loro direttamente un parere che contasse qualcosa.

Decidere sul proprio corpo

Anche oggi, purtroppo, non sembra che le cose siano molto cambiate. Sebbene le donne siano state accettate (*obtorto collo*) in tutte le professioni, quando si tratta di decidere sulle questioni della riproduzione improvvisamente esse diventano «incapaci», perché non abbastanza addentro nelle questioni scientifiche, biologiche, tecniche, religiose, di decidere in proprio.

Da qui l'importanza della legge sull'interruzione di gravidanza che è stata intesa soprattutto come un atto emancipatorio che dà alle donne la libertà di decidere sul proprio corpo. Ma si tratta di una libertà contraddittoria, che da una parte concede autonomia e dall'altra la toglie. Che libertà infatti può essere quella di fare del male al proprio corpo e al figlio che si aspetta?

In una cultura a misura di donna l'aborto non esisterebbe affatto. Così com'è adesso si tratta di una deturpante e distorta libertà da una schiavitù ancora più deturpante e distorta. Coloro che si sono sempre opposti alla libertà di aborto non hanno mai fatto niente per consentire un'alternativa realistica e accessibile a tutte le donne.

Il mito della maternità

La legge sulla interruzione volontaria di gravidanza, rendendo visibile e pubblico il problema, ha già in effetti migliorato la situazione portando alla diminuzione di fatto del 40, perfino del 60 per cento in alcune regioni, dell'aborto nel nostro Paese. Segno che l'aborto non è un «destino» ineliminabile ma un prodotto storico infelice in quella lunga storia di indebite appropriazioni, divieti e incomprensioni che hanno caratterizzato i sistemi sociali del passato nei riguardi del mondo femminile.

La vera libertà non consiste nell'abortire ma nel «non abortire». Ebbene questa libertà ancora oggi non esiste se non in parte. Chi mai si è preoccupato della possibilità reale di una scelta in tal senso? Chi ha mai pensato di coinvolgere le donne nei progetti politici che riguardano il controllo delle nascite?

Anche a discutere sulla libertà di manipolazione genetica, di cui si parla molto in questi giorni, sono stati chiamati ancora una volta medici e scienziati dalla mentalità tutta androcentrica, completamente aliena da ogni interesse per il punto di vista femminile.

Il punto di vista femminile però non significa monolitismo di idee. Certamente donne diverse avranno opinioni diverse, ma tutte partono da una storia vissuta in proprio, da un'antica esperienza del profondo per quanto riguarda le questioni della gestazione e del parto che fanno parte del trascurato bagaglio culturale femminile.

Succede che si discuta delle nuove tecniche di conservazione e congelamento dell'embrione, succede che si lanci l'idea che l'embrione sia un cittadino bell'e fatto che ha diritti e doveri come chiunque altro. E non si riflette affatto sul perché tante donne ancora rifiutino i mezzi anticoncezionali, sul perché per alcune donne, soprattutto emarginate, soprattutto giovanissime, la gravidanza costituisca una «prova di potenza femminile» in un mondo che toglie loro la parola. Non si mette in discussione il modo in cui viene gestito dai medici il mito della maternità, il modo in cui viene trattato e usato il corpo femminile in generale. La risposta più ovvia delle donne è l'assenza, il disinteresse, il no all'esortazione di fare più figli. Non è egoismo questo ma il risultato di una esclusione troppo prolungata dai poteri decisionali. Certo non è illecito dubitare che in chiunque oggi si accanisce da cattedre, uffici e commissioni, a difendere la libertà astratta del feto o dell'embrione, si possa rintracciare il sapore di un'antica «passione» politica che premette il valore dei «princìpi» alle carnali intelligenti ragioni della vita e dei corpi in movimento.

(da "Io donna", 20 luglio 1996)

L'acrobata di casa

«Seguo con attenzione le sue lettere su "Io donna". Mi ha colpito quella della signora che si definiva "acrobata". Anch'io sono un'acrobata di circa sessant'anni, un ginocchio appena riparato, varie ossa malridotte e ho come affezionati spettatori un marito e due figli, nonché Dio nel quale credo. Io salto, salto e ancora salto: evviva la vita anche se a trent'anni mi facevo meno male cadendo. Mi creda: vivere, educare i figli, occuparsi della casa si è rivelata una corsa a ostacoli. Siamo dunque acrobate a tutto tondo?» mi scrive Luigia Paoli da Montelupo Fiorentino.

Lo sa che gli acrobati sono l'aristocrazia del circo? Mentre le casalinghe come lei che cenano con un uovo per risparmiare i soldi di un cinema e corrono e saltano per riuscire ad allevare i figli, a consolare un marito depresso, a tenere pulita la casa, trovando il tempo per leggere un libro, magari strappando le ore al sonno, sono considerate alla stregua delle «nullafacenti». Eppure, come dice lei graziosamente: «Siamo vere e preziose acrobate moderne, anche se nessuno parla di noi». Qualcuno ancora pensa che la casalinga sia una persona ignorante e dimessa che il lavoro manuale ha ridotto a una specie di bestia da soma. Mentre spesso, nella coppia, oggi la casalinga è la più inquieta intellettualmente: legge, si tiene informata, va al cinema anche da sola se nessuno l'accompagna, frequenta concerti e mostre, proprio come lei, e ancora una volta si fa «acrobata», dovendo saltare di qua e di là magari senza automobile, senza soldi, senza vera autonomia. Ma indomita, dopotutto, e coraggiosa. Il mondo cambierà, cara Luigia, quando il lavoro casalingo sarà stimato come un vero lavoro e non un dovere naturale ereditato per destino sessuale. Quando il compito di educare e servire (forse le due cose sono inscindibili) sarà ritenuto un grande compito, degno di rispetto e di considerazione, e anche, perché no, di una paga, come qualsiasi altro lavoro utile, anzi necessario, alla comunità.

(da "Io donna", 6 febbraio 1999)

Paura di essere violentate

«Ho 34 anni e non sono mai stata violentata, ma il pensiero che ciò possa capitare non mi abbandona mai. Penso continuamente al pericolo che corro e sto attenta: in certe zone non vado, di notte mi faccio accompagnare. E tutto questo perché so di essere un soggetto debole. Violenze sessuali, spesso di gruppo, stupri, aggressioni: ne succedono tante. Ma perché? Perché ci sono uomini che vogliono dimostrare così la propria virilità?» mi scrive Laura Ivani da Genova.

Credo che lei dica bene: lo stupro non è certo un atto di desiderio, ma una dimostrazione di potenza e di dominio. Si colpisce il sesso perché si pensa che le donne si identifichino soprattutto attraverso il loro corpo e ancor più attraverso il loro sesso che è considerato un luogo di debolezza e nello stesso tempo un luogo di forza pericoloso per il maschio. Il fatto che una giovane donna come lei si senta sempre in pericolo, si impedisca di circolare liberamente in certe zone della città, significa già una vittoria per coloro che detestano la libertà femminile: vuol dire che il territorio è ancora, nonostante le tante pretese di emancipazione, controllato dai maschi più forti. Non voglio incitarla a fare la spavalda, perciò le dico che fa bene a essere prudente e a guardarsi attorno quando gira per la città. Ma non si lasci dominare dalla paura. «Chi pecora si fa il lupo se la mangia.» Non pensi a se stessa in termini di «soggetto debole», ma anche di persona integra e dotata di energia e libertà, anche se limitata. A volte mostrarsi vinti prima di esserlo è una tattica perdente. Molte donne non reagiscono all'aggressività perché la paura le paralizza. Non si tratta solo di una paura «naturale», ma culturale: abbiamo introiettato un'educazione che ci vuole deboli e soggette, inerti e rassegnate. Spesso ci facciamo più passive di quanto siamo per un'antica sfiducia nella nostra forza, che in realtà è più grande di quanto crediamo. E parlo anche della forza del pensiero e della parola.

(da "Io donna", 17 aprile 1999)

La casalinga moderna: una donna che ha saputo scegliere

«Lei ha detto in una trasmissione che un suo personaggio, la commissaria Adele Sofia di *Voci*, "è una persona dimessa, che assomiglia a una casalinga, a cui non si darebbe una lira". Mi sono risentita: da lei non me l'aspettavo. Ho quarantatré anni, la maturità classica, e ho lavorato per diverso tempo presso uno studio medico legale, ma da anni ormai sono casalinga. La mia è stata una scelta, il desiderio di occuparmi dei miei due figli, di mio marito. Non credo che essere casalinga sia un marchio, da come parlo e mi vesto potrei essere scambiata per una professionista. Ho una vita serena, molti interessi, tempo da dedicare a me stessa e agli altri. Leggo molto, sono iscritta alla biblioteca comunale del mio quartiere. Mi sento più realizzata di molte amiche che lavorano fuori casa e nel tempo libero devono sbrigare il lavoro di casa arretrato: quando ci incontriamo non riusciamo a parlare né di un libro né di un film» mi scrive Marina Verde da Roma.

La ringrazio: lei ha fatto un ritratto perfetto della casalinga moderna e sono contenta di poterlo riprodurre qui in modo che tutti, soprattutto quelli che sono rimasti al ritratto della massaia ignorante che si nutre di romanzi rosa e riviste di pettegolezzi, sappiano com'è cambiata oggi la donna che sceglie di occuparsi della famiglia. Mi perdoni se le ho dato l'impressione di prendere sottogamba la casalinga, ma le assicuro che non è così: molto spesso, anche su questa rubrica ho detto che chi si dedica alla cura della famiglia fa un degnissimo lavoro che ha il solo torto di non essere pagato come meriterebbe. Inoltre sono convinta che oggi le casalinghe, spesso laureate, siano donne particolarmente sensibili e informate, che si tengono al corrente, leggono libri e ascoltano musica, fanno del volontariato quando possono (come fa lei) oltre a occuparsi dei figli e del marito. Non c'era nessun disprezzo nei riguardi di Adele Sofia che «fa pensare a una massaia con le sporte della spesa», ma era solo un'osservazione affettuosa sulla sua apparenza.

(da "Io donna", 8 maggio 1999)

Un grosso guadagno vale una totale umiliazione di sé?

«Faccio quello che si definisce “il più antico mestiere del mondo”. Non so come uscire da questa situazione, rinnegare questa scelta che molti ritengono facile, ma facile non è. Sì, facile perché di veloce guadagno. Ma poi c’è tutto il resto. La derisione, gli insulti. Io vorrei smettere ma nessuno mi aiuta: ormai sono solo una che vende il corpo a uomini d’ogni tipo, compresi i poco di buono che perc spesso sono migliori di quelli che si reputano di buona famiglia. Non vorrei più stare sul marciapiede, ma come fare? Non voglio più sentirmi insultata e umiliata solo perché sono lì, di notte, con le mie gonne corte. Se riuscirò a uscirne, anche solo per fare la donna delle pulizie, glielo farò sapere. Mi aiuti tramite il suo giornale e la sua nobiltà d’animo» mi scrive Giorgia da Bologna.

Aiutarla, come? Se bastasse la pubblicazione della sua lettera, ecco fatto. Ma immagino che lei stia vivendo un travaglio e voglia essere sostenuta nel prendere una decisione per il futuro. Dia retta alla voce più profonda di sé, non so dirle altro. Ci sono i soldi, lei scrive, ma manca il rispetto. E come reggere a tanta denigrazione per notti e notti di seguito, fino a perdere l’amore e la considerazione di sé? La prostituzione in natura non esiste: è un prodotto squisitamente umano, carico di simbolismi ormai sedimentati nel tempo. Il denaro per chi compra non è solo uno strumento di soddisfazione, ma un simbolo ambiguo di potenza e di sensualità. Col denaro un uomo acquista l'illusione, anche se dura solo qualche minuto, di dominare, possedere, oltre che manipolare, il corpo di una donna. Il disprezzo che lei sente su di sé fa parte di quell'acquisto: l'uomo compra, e gli piace anche pagarlo caro, il diritto di umiliare (e a volte di compatire) un altro essere umano perché si vende. Sembra una contraddizione stupida. Ma fa parte del gusto tutto umano di spregiare e condannare i sogni di una sessualità segreta e insoddisfatta e, nello stesso tempo, di considerare questi sogni un mito della virilità.

(da "Io donna", 12 giugno 1999)

Lo stupro è un piacere?

«Ho provato un'ira profonda nel leggere la lettera di Elena Pasquali pubblicata nella sua rubrica sul numero 14 di "Io donna". La lettrice afferma che sono le donne a scatenare nell'uomo il desiderio della violenza carnale, con il loro comportamento freddo e insensibile. Ma stiamo scherzando? Ma che cosa sono gli uomini? Esseri brutali non dotati di ragione? Rispetto troppo gli uomini per crederli tutti dei potenziali stupratori e, al contrario, li considero esseri capaci di dolcezza e comprensione. Aggiungo anzi una domanda: se un giorno Elena Pasquali dovesse essere violentata, che cosa penserebbe? Sarebbe ancora così crudele e spietata? Non si riterrebbe una vittima innocente? Troppo facile quando non si è coinvolti in prima persona. Lo stupro è terribile, devastante e uccide l'anima, mina per sempre la sicurezza interiore di una donna, la fa sentire fragile, indifesa nei confronti dell'uomo. Penso alle donne del Kosovo, stuprate a centinaia, e provo una grande pena e una grande tenerezza per loro. Vorrei tanto poterle confortare. Grazie per avere scritto che, con lo stupro, "si colpisce la donna nel suo punto più delicato e sacro, in quel grembo dove nasce la vita". Queste parole mi hanno commossa e hanno aumentato la mia determinazione nell'intraprendere la professione che mi accingo a fare: la ginecologa» mi scrive Laura N. da Saronno.

È vero, io penso che lo stupro non abbia niente a che vedere né col desiderio né col sesso, ma sia un'arma di guerra, una punizione inflitta al «nemico-donna» nel suo punto più fragile e delicato: il ventre, appunto, che è anche sacro poiché contiene la vita futura. Anch'io penso che un uomo può pure eccitarsi all'idea della violenza che compirà su quel corpo, ma non si tratterà di un normale e giusto desiderio sessuale e di una normale e giusta voglia di seduzione, bensì della volontà di umiliare e degradare il corpo che ha di fronte. E di punirlo perché magari appartiene a un'altra cultura, a un'altra religione, a un altro Paese, ma anche, e forse soprattutto, a un altro sesso che si ostina a considerarsi dotato di un suo autonomo desiderio.

(da "Io donna", 10 luglio 1999)

Alle donne piace sedurre?

«Sono un uomo, ma trovo molto formativo e informativo scorrere pubblicazioni destinate alle donne. Le dico subito che, se pur è vero che sulla carta le donne hanno ottenuto diritti pari ai nostri, ciò non vale quando entrano in gioco fattori attinenti al sesso. E questo, mi dispiace dirlo, per colpa delle donne. Alla donna piace sedurre, mostrarsi, atteggiarsi a preda indifesa: spesso nelle fotografie di pubblicità dei femminili compaiono donne quasi svestite, e questo per pubblicizzare gioielli o deodoranti. Se le donne si rifiutassero di essere oggetti tutto filerebbe di conseguenza: verrebbe loro riconosciuta parità di diritti e di doveri in ogni campo» scrive Natale Viglio di Magenta.

Non è un ragionamento originale il suo, l'abbiamo già sentito. La inviterei a riflettere sul fatto che non si rovescia di colpo l'educazione di millenni, né ci si libera facilmente di immagini introiettate così bene da essere ormai totalmente assimilate. Le donne consapevoli lo sanno bene, perciò rifuggono dal tono moraleggiante quando parlano delle altre donne che si adeguano alle leggi del mercato. Sfuggire a questi condizionamenti è molto difficile. Anche chi appare emancipata ci casca. Io stessa, che le appaio come una persona «compiuta» e «libera», per certi aspetti non lo sono affatto. Ho tante di quelle debolezze che mi accomunano alle altre donne che non riuscirei proprio, anche volendo, a essere severa. «Comincino le donne a rifiutarsi di essere oggetti sessuali» dice lei, ma se l'uomo che una donna ama le chiede, in nome dell'amore stesso, di farsi «seducente» e «soggetta», probabilmente lei acconsentirà. E se per lavorare le chiederanno di mostrare il corpo, accetterà. Perché non si può pretendere che una donna, specie quando è priva di strumenti economici e culturali, faccia l'eroina in nome di princìpi astratti. Detto questo, sono d'accordo con lei: talvolta le donne esagerano in autodenigrazione. Fino al punto da considerarsi inesistenti se non sono apprezzate come oggetti sessuali dagli uomini.

(da "Io donna", 17 luglio 1999)

Giorgia e la cultura del mercato

«Appartengo all'associazione "Papa Giovanni XXIII" di don Oreste Benzi. Sono rimasto colpito dalla lettera di Giorgia di Bologna pubblicata sul numero 24 di "Io donna". Capisco il dramma di chi vuole uscire dalla prostituzione ma si trova sola e non sa come fare. Proprio per questo nella nostra associazione è attivo da anni un efficace Servizio Prostituzione, il cui responsabile risponde al numero 0335/8128724. Spero proprio che lei abbia modo di comunicare a Giorgia questo numero: le dica che l'associazione "Papa Giovanni XXIII" l'aspetta a braccia aperte. Dica a Giorgia di rivolgersi con fiducia all'associazione e che intanto qualcuno sta pregando per lei.»

Pubblico questa lettera per Giorgia, ma anche per altre ragazze che si trovano nella stessa situazione in altre città d'Italia. L'ho già detto: la maggior parte dei mezzi di comunicazione (televisione, pubblicità, cinema, riviste) è portatrice di un'ideologia di marketing, cioè propone l'idea che il corpo umano sia in esposizione e in vendita tanto quanto i prodotti che si trovano al supermercato. E che per ottenere potere e denaro, quindi libertà e autonomia, chiunque deve adattarsi a fare commercio di sé. I furbi lo fanno in maniera mascherata, gli ingenui in maniera esposta, pagandone le conseguenze più dolorose. Una delle conseguenze più ovvie è che una ragazza, soprattutto se bella, pensi di vendere questa bellezza al migliore offerente. L'insegnamento è crudele e sfrontato e tende a indurre nei giovani uno stato di sfiducia nelle capacità del pensiero e della personalità per assecondare una forma larvata di prostituzione diffusa. Ma succede pure che una ragazza avviata alla vendita più o meno esplicita del proprio corpo poi si trovi a combattere contro la volgarità, la brutalità, il disprezzo dei suoi acquirenti e si penta di avere accettato di fare parte di questo mercato. Così è accaduto a Giorgia e così, ne sono certa, accade a molte ragazze entrate, per distrazione o in cerca di affermazione o di indipendenza, nel grande mercato dei corpi.

(da "Io donna", 21 agosto 1999)

Si può uscire dalla depressione?

«Dopo quattordici anni di insegnamento agli handicappati, il peso del danno ha minato i miei nervi, sono crollata, ho mollato la spugna, ho rinunciato a parlare, a uscire, a mangiare, a fare all'amore» mi scrive Paola C. da Roma. «Sono ferita come i miei piccoli protetti. Annaspo per l'umore pesante, le parolacce e le insidie dei disadattati che mai hanno smesso di assordarmi il cuore e di ricordarmi l'impossibilità di una tregua. Sono imbottita di psicofarmaci e al pomeriggio dormo per ore. Ho il terrore dei medici e delle malattie, faccio tre passi avanti e uno indietro. Ma dalla depressione uscirò mai?»

Cara Paola, la sua lettera è particolarmente bella e dimostra che la depressione colpisce chiunque, chi ha grandi impegni sociali come chi si sente emarginato. Ma la depressione non le ha tolto né l'umorismo né la capacità di indignarsi, né la voglia di vivere e di guarire. Dia fiducia a se stessa. Non si isoli come fa. Soprattutto non dica: «La depressione vince comunque». Vincerà lei, invece, se guarderà in faccia il suo «catacombale mistero disfatto». Vincerà lei se avrà la voglia di cacciare di casa la «maledetta bestia feroce carne libagione liberazione». Vincerà lei se smetterà di credere che «non sogno ma spero e svengo di sogno che mai s'avvera». La sua poesia mi ha fatto pensare ad Amelia Rosselli, non so se la conosce, una grande poetessa morta due anni fa. Anche lei era depressa. E si curava con la poesia. Dia ascolto a quella voce di ragazza che, nonostante il marito («in famiglia è tutto difficile»), nonostante la professione («sarei architetto»), nonostante il figlio («chissà come starà crescendo mio figlio di tre anni!») le racconta delle storie d'amore e di rinascita. È nella capacità di «ascoltare» di nuovo (e non solo con l'udito) che si può ritrovare il filo della propria vita.

(da "Io donna", 17 febbraio 2001)

Le donne sono buone?

«Una bambina di sedici anni uccide a coltellate mamma e fratellino... Francamente non capisco. Dove sono finite le fragilità e le dolcezze, lo spirito materno delle donne? O si tratta di una ragazza con un cuore da uomo, che vuole mostrare al mondo quanto è potente?» scrive Christian Marini, da Torino.

Signor Marini, molte femministe hanno sostenuto, come lei, che le donne sono più buone per natura, che sono fondamentalmente incapaci di fare il male per «destino di genere». Io non sono mai stata d'accordo: questi distinguo «naturali», infatti, portano generalmente al razzismo.

Le donne come natura sono uguali agli uomini, ovvero capaci di fare il male e il bene. Se fino a ora sono state più dalla parte delle vittime che degli aggressori, ciò è dovuto al fatto che in loro è stata sviluppata, con un'educazione di millenni, una capacità straordinaria di seppellire e spesso di rovesciare contro di sé l'innata aggressività umana. Cosa non del tutto negativa, se si pensa che le donne sono state tenute fuori dalle guerre, dalle mattanze (anche per ragioni interessate: qualcuno doveva pur provvedere ai piccoli) e certamente hanno sviluppato una propensione alla cura e alla protezione. Ma la forza del male abita anche nel cuore «delicato» delle donne e a volte viene fuori con furia. Non si tratta quindi di una ragazza col cuore di un uomo, ma di una ragazza che, come molti ragazzi, non sa sorvegliare e trasformare i suoi cattivi istinti.

Ma qui si entra in un altro discorso: quello dell'educazione. Sembra che, a furia di togliere tabù e proibizioni, si sia arrivati ormai alla confusione più completa. L'educazione invece ha bisogno di regole, di regole sicure, che insegnino innanzitutto a rispettare l'altro, a controllare e a sublimare gli inevitabili istinti aggressivi. Non è un'utopia. Si può fare. A patto che la collettività lo voglia.

(da "Io donna", 14 aprile 2001)

Mio marito frequenta le prostitute

«Ho scoperto per caso che mio marito frequenta prostitute. Gli ho chiesto conferma, ma lui ha negato. Da quanto mi ha rivelato un suo amico, però, gli piacciono soprattutto le giovanissime dell'Est. Non disdegna neppure le nigeriane. Ho insistito, in possesso di prove nuove, ma lui continua a negare l'evidenza. Mi è sembrato più grave che se l'avessi scoperto con un'amante segreta. Lei come interpreta questi comportamenti di un marito (tre anni di matrimonio) che si dichiara sempre molto innamorato?» scrive A.W. da Torino.

Suo marito probabilmente ha bisogno di dividere, con un criterio antico e putrefatto, la sacralità del matrimonio dall'empietà del sesso mercenario. Da una parte la moglie da «amare» e rispettare, dall'altra la prostituta da disprezzare e possedere. Suo marito forse non ha la forza di affrontare un rapporto da pari a pari, ma preferisce rifugiarsi in facili sogni da adolescente. Lui sa che la donna pagata non prova niente, che è lì solo per raggranellare un po' di soldi, ma questo non toglie niente alla sua eccitazione, che non deriva dal desiderio sessuale, ma dall'idea elettrizzante di partecipare a un rito segreto e proibito. È stato detto che l'uomo cerca nel rapporto mercenario solo la soddisfazione di un piccolo potere: quello di disporre liberamente di un corpo femminile, anche se solo per pochi minuti. Molti, però, non si rendono conto o non vogliono rendersi conto che oggi comprare una ragazza, specie se giovane e proveniente da Paesi poveri, significa diventare complici di un orribile sistema di schiavitù metropolitana. Provi a parlare con suo marito. Gli dica che negare l'evidenza offende l'intelligenza altrui. Gli chieda in che consiste il suo amore per lei. Sarei curiosa anch'io di saperlo.

(da "Io donna", 28 aprile 2001)

Quale paradiso potevano sognare le terroriste cecene di Mosca?

«Carissima Dacia Maraini, sono rimasta sconvolta dalle immagini dei giovani corpi riversi sulle poltrone del teatro Dubrovka a Mosca. Perché il terrorismo ha bisogno di sangue di innocenti? Per colpire l'immaginazione della gente bisogna uccidere e uccidersi? Cosa spinge, secondo lei, questi giovani che non sembrano criminali ma solo persone disperate, a immolare la propria vita in nome di un astratto amore di patria?» mi scrive Marisa Lolli da Pisa.

Quelle immagini, Marisa, sono rimaste dolorosamente fisse anche nei miei occhi e non vogliono andare via. Forse perché si sono svolte in un teatro, la casa delle mie immaginazioni più felici, quella casa dove si va per aggiungere vita alla vita. Invece a Mosca ha ospitato un orribile e osceno spettacolo di morte. La vista di quei corpi bianchissimi di giovani donne in nero, riversi sulle poltrone di velluto rosso, non può non impressionare. Erano destinati a esplodere in una specie di festa dell'orrore, e invece giacciono nell'abbandono di una morte per gas. Qualcuno dice che chi usa il proprio corpo come un'arma sia arrivato all'ultimo grado della disperazione e dell'odio. Ma siamo sicuri che questi ragazzi e queste ragazze siano andati a morire per libera volontà? Quanto conta l'indottrinamento fanatico, la spinta a un martirio religioso che risparmia, guarda caso, chi lo teorizza e manda alla strage chi aderisce agli ideali patriottici per un mistificato sentimento di amor patrio? Ancora più triste immaginare che per molte di queste donne la strada del martirio abbia costituito anche un sogno di emancipazione. Non a caso si parla di un paradiso per soli uomini, in cui gli eroi vengono consolati da vergini bellissime. Queste donne pongono simbolicamente una domanda: da chi saranno accolte e consolate in un paradiso fatto di eroi e di vergini seducenti?

(da "Io donna", 9 novembre 2002)

Togliere dalle strade le prostitute e chiuderle nelle case?

«Ho due prostitute sotto casa, che la sera vedo ancheggiare sotto i lampioni, con i loro tacchi altissimi, le gonne vertiginosamente corte. Devo compiere delle strategie spericolate per non farle incontrare a mio figlio che ha dodici anni. Ben venga quindi questa legge che proibisce la prostituzione stradale, una cosa giusta e sana» mi scrive Adriano F. da Milano.

Lei veramente pensa di «salvare» suo figlio mettendo in atto delle «strategie spericolate» per non fargli incontrare le donne che si vendono per strada? Davvero lei ritiene che la dolorosa questione della vendita del corpo femminile si risolva nascondendo «la polvere sotto il tappeto» come fa chi non sa dove gettarla? Già capisco dalle frasi fatte («ancheggiare la sera sotto i lampioni», «gonne vertiginosamente corte») che lei non vede queste donne per quello che sono, ma le avvolge in un vapore di luoghi comuni sessuali. A me sembra solo ipocrita questa legge che non affronta minimamente la drammatica realtà della prostituzione, ma si limita a occultarla. Senza pensare alle conseguenze delle nuove regole: prostituzione sì, ma in casa e non più di due donne per appartamento: inoltre col permesso del condominio. La qual cosa porterà a un aumento vertiginoso degli affitti sospetti e alla creazione di quartieri a luci rosse, dove gli speculatori potranno lucrare sull'affitto e prendere per il collo le prostitute perché un condominio che si rispetti mai darà il permesso a un inquilino di far entrare clienti a ogni ora del giorno e della notte. Ma questo è il desiderio di molti: nascondere le brutture e far finta che non esistano. Stia attento che suo figlio, crescendo, non sia preso da curiosità morbose. Se non lo aiuta a capire fin d'ora le crudeltà del sesso in vendita, come potrà pretendere che da grande diventi un uomo giusto?

(da "Io donna", 11 gennaio 2003)

Capire perché figli, mariti e padri cercano il sesso a pagamento

Mi sono arrivate ben cinque lettere riguardanti la risposta che ho dato su "Io donna" al signor Adriano F., l'11 gennaio scorso. Il signor Adriano raccontava delle strategie cui era costretto per non mostrare al nipotino le prostitute che sostavano vicino a casa. Gianni Avvantaggiato da Bari mi manda un bel racconto di un incontro con una prostituta «... sotto il nuvolone di vapore della centrale termoelettrica, ho conosciuto Miriam». Il signor Gianni si finge cliente per poterle fare delle domande, ma la ragazza si insospettisce e quando lui le dice che è un giornalista lei si mette a urlare che vuole scendere. «I trafficanti hanno minacciato di morte lei e la sua famiglia se parlerà di sé.»

Agostino Crescenzi da Milano invece mi chiede: «Si è mai posta il quesito se in qualche periodo storico la prostituzione sia mai stata assente?». Questo è l'argomento più comune. L'antichità e la fatalità della prostituzione. Pensi che i Romani consideravano la schiavitù una realtà «naturale ed eterna». Eppure la schiavitù, nonostante i piccoli aberranti ritorni, è stata eliminata.

Gregorio Bennati da Alessandria mi chiede: «Lei crede che le prostitute siano costrette?». No, ma fortemente condizionate dalla cultura sessista sì. Infine Marta Bendola da Ceriale domanda: «Se avesse un figlio che tornasse a casa con qualche malattia presa per strada, che farebbe?».

Signora, le dico che sarebbe il caso di cominciare a interrogarsi su cosa spinga i nostri figli, ma anche i nostri mariti, i nostri padri, a cercare per strada, a pagamento, una donna che dia loro cinque minuti di sesso freddo, senza coinvolgimento né emotivo né erotico. Questa domanda, posta con insistenza e con affetto, potrebbe costituire l'inizio di un cambiamento delle abitudini verso la mercificazione del sesso.

(da "Io donna", 1 marzo 2003)

Le donne in tv e il desiderio maschile

«Quando si accende la tv, si ha sempre più l'impressione di entrare in un bordello: donne vestite solo di veli e straccetti, mosse che invitano al consumo sessuale più cinico. Alla fine dello spettacolo ci manca solo la maîtresse che allunga la mano per prendere i soldi. Sono desolata» mi scrive Dani De Rossi da Milano.

Io guardo sempre di meno la televisione di intrattenimento. Proprio per non sentirmi, come lei, invitata involontaria dentro un bordello di lusso. Non è la prima volta che lo scrivo, e mi fa piacere sentire che anche altri la pensano come me. Anche perché, come lei rileva, i bordelli sono per gli uomini, la merce è costituita dai corpi femminili, e i compratori sono maschi. Come dire che tutto questo apparato spettacolare è in funzione di un convenzionale appetito sessuale maschile di cui le donne sono sempre oggetto e mai soggetto.

Le nostre televisioni, sia pubbliche sia private, fatti salvi pochissimi programmi di informazione, acquistano sempre più l'aria della casa di tolleranza di felliniana memoria. Solo che per Fellini erano i sogni fiabeschi di un bambino mai cresciuto, che vedeva in ogni corpo femminile una madre e una strega. Per lo spettatore di oggi, il corpo femminile si è spogliato pure di quelle innocenti mitologie, ed è diventato uno strumento di freddo onanismo mentale. Le donne in questo modo, oltre che essere umiliate, vengono defraudate del proprio desiderio. Perché la sessualità di riferimento, quella che bisogna sedurre e blandire, è sempre e solo maschile. Alle ragazze si insegna a essere narcise e a sopprimere ogni desiderio spontaneo, trasformando il proprio corpo in uno strumento di ascesa sociale. È ben triste una società che non sa dare fiducia e stima alle donne, ma preferisce sempre vederle chiuse e disponibili, anche se solo per il consumo degli occhi, dentro una gigantesca virtuale casa di tolleranza.

(da "Io donna", 15 marzo 2003)

Il linguaggio del richiamo sessuale

«Mentre tutti parlano di pari opportunità e diritti delle donne, veniva indicato un consiglio d'amministrazione Rai in cui non ne compariva una. Eppure la tv la guardiamo anche noi e paghiamo il canone. Saremo sempre consumatrici passive di qualcosa su cui non avremo mai una parola nostra da dire?» mi scrive Liliana Turi da Napoli.

Il potere mediatico sta aggirando l'ostacolo dell'emancipazione femminile. Lo fa con un rapido aggiustamento del linguaggio dei ruoli. Mentre all'uomo si chiede di parlare secondo competenza e talento, alla donna si chiede di parlare con il corpo, e basta. Questo è quanto insegna la scuola ora più frequentata dai giovani: quella televisiva. Il corpo femminile è ridotto a richiamo sessuale, povero e convenzionale. Quel corpo, si dice, può ottenere tutto, ma solo attraverso la seduzione. Questo significa imporsi anche brutalmente al desiderio maschile, con un'esibizione calcolata della sessualità. Anche prima dell'emancipazione era così, ma c'erano fasi che consentivano qualche pausa: da bambine si era lasciate abbastanza libere; con la pubertà cominciava la segregazione; nell'età da marito si doveva pensare a sedurre, ma in modo semplice e pudico. Poi c'era il tirocinio della maternità, ma alla fine si era considerate sagge e si veniva ascoltate, almeno all'interno della famiglia. Ora, con la sessualizzazione della vita, si ha poca scelta. Fin da piccole si è spinte ad appropriarsi del linguaggio del richiamo sessuale, che rende fragili, esposte alle umiliazioni, con l'illusione di una vittoria inesistente. E quando finisce il tempo della seduzione si è considerate vuoti a perdere. Il controllo sociale non si esprime più con la repressione sessuale, ma con la riduzione della persona a corpo sessuato, fino a fare dimenticare che ogni corpo è animato da un pensiero, un sentimento, una parola.

(da "Io donna", 22 marzo 2003)

Voci di donne coraggiose che hanno raccontato la guerra

«Come mai, secondo lei, la guerra in Iraq è stata commentata in televisione soprattutto da corrispondenti donne? Sono state mandate al fronte perché sono più coraggiose, o perché si è voluto portare un poco di grazia in una cosa così brutale come la guerra? O semplicemente per levarsele di torno? Alcune di loro sono state chiamate "veline di guerra", eppure per rimanere in una città assediata in mezzo alle bombe ci vuole coraggio. Lei che ne pensa?» mi scrive Vitella Ferrari da Napoli.

Penso, come lei, che per fare la corrispondente di guerra ci voglia molto coraggio. E che chiamarle «veline» sia un'idiozia, oltre che un'offesa: le veline mimano – spesso senza veramente crederci, ma per la contentezza di avere un lavoro in un mondo di disoccupazione giovanile – un grossolano e prevedibile gioco di seduzione che umilia le donne tutte, spinte a identificarsi con corpi esposti e ammiccanti, senza voce e senza pensiero. Le inviate della Rai (ma anche Cnn, Bbc e altre tv hanno mandato donne a raccontare la guerra in Iraq) non hanno dato vita ad alcun gioco, hanno mostrato un cervello e una voce da testimoni coraggiose e intelligenti. Ma ci sono anche tanti inviati bravi che sono rimasti a Baghdad in questi giorni rischiando ancora la vita, nel caotico dopoguerra. Nessuno in realtà vuole colpire i giornalisti, ma gli incidenti, come si è visto, sono possibili e, in proporzione, sono forse più i morti che ha fatto il «fuoco amico» di quelli del «fuoco nemico». Le bombe «intelligenti», poi, hanno mostrato un margine di stupidità tipico delle macchine, colpendo chi non avrebbero mai dovuto colpire. Perciò tanto di cappello a chi ha rischiato di persona per continuare a fare informazione, senza retorica, senza lamenti. La pace ha bisogno di conoscere la guerra per denunciarla e condannarla.

(da "Io donna", 19 aprile 2003)

Indice

Finito di stampare nel mese di maggio 2006
presso il Nuovo Istituto Italiano d'Arti Grafiche
Bergamo

Printed in Italy